KB238979

내 마음 들여다보기

내 마음 들여다보기

1판 1쇄 인쇄 2012년 7월 18일 | 1판1쇄 발행 2012년 7월 27일 | 지은이 김정한 | 펴낸곳 미래북 | 펴낸이 임종관
제 302-2003-000326호 | 서울시 용산구 효창동 5-421호 | 전화 02)738-1227(대) | 팩스 02)738-1228
E-mail miraebook@hotmail.com | 마케팅 경기도 고양시 덕양구 화정동 965번지 한화 오벨리스크 1901호
편집 글꽃 | 북디자인 디자인홍시

ISBN 978-89-92289-45-0 03810

값은 표지 뒷면에 표기되어 있습니다.
잘못된 책은 구입하신 서점에서 바꾸어 드립니다.

내 마음 들여다보기

시간의 주인이 되어
삶을 스스로
이끌어 나가기

김정한 지음

MIRAE
BOOK

Contents

작가의 말

"내가 세상에 존재하지 않는다면 내가 추구할 것도 없다"고 파스칼도 말했듯이, 삶이란 포기할 수 없는 소중한 선물입니다.
한쪽으로 치우치지 말고 균형적인 삶을 살아야 결국 내 삶의 주인이 됩니다.
어떤 고난이 닥쳐 내 삶을 벼랑 끝으로 밀어낸다고 해도 나를 아프게 해서는 안 됩니다. 어떤 일을 하든 머리가 아닌, 가슴이 시키는 대로 행동해야 합니다. 머리와 가슴이 말을 듣지 않을 때는 직관에 따라 행동하세요.
나에게 상처를 주고 나를 아프게 하는 것은 나의 삶을 사랑하는 방법이 아닙니다. 삶의 성공은 나를 사랑하는 것이 기본이지요.
삶에 있어 한 번의 실수와 실패는 누구나 합니다. 삶에 있어 일어나는 모든 것은 학습이고 필요한 것이지요.
고통 또한 삶의 한 과정입니다. 생활에 짓눌려 현재 아무리 힘들더라도 미래의 내 꿈, 내 인생을 포기하지 마세요. 마음을 바꾸면 삶을 대하는 태도도 달라지고 행동도 달라지고 결국 내 운명도 달라집니다.

시간의 주인이 되어 내 삶을 스스로 이끌어 나갈 때 내 인생의 주인이 됩니다. 내가 하는 일을 즐기며 나를 사랑할 때 행복한 삶이 완성됩니다. 나를 정확히 알고 나를 사랑하며 무한히 신뢰하세요.

출발역이 행복하지 않아도 간이역에서 행복한 일을 많이 만난다면 종착역도 행복합니다. 그 역할의 주인공은 나, 세상과 타인은 어시스턴트입니다.

실패에 무릎 꿇지 않고 일곱 번 쓰러져도 여덟 번째 다시 일어나 도전하는 그대가 아름다운 사람입니다. 그대를 위해 열린 세상으로 힘차게 당당하게 나아가세요. 그대가 인생의 주인이며 행복의 주인공이니까요.

God bless you!

2012년 7월 김정한

Time does not change us.
It just unfolds us.
시간은 우리를 변화시키지 않는다.
시간은 단지 우리를 펼쳐 보일 뿐이다.

막스 프리슈Max Rudolf Frisch
1911년~1991년. 스위스의 극작가 및 건축가

You always pass failure on the way to success.
성공하기까지는 항상 실패를 거친다.

미키 루니Michey Rooney
1919년~1999년. 미국의 배우

The gratification comes in the doing not in the results
만족은 결과가 아니라 과정에서 온다.

제임스 딘James Byron Dean
1931년~1955년. 미국의 영화배우

We can only learn to love by loving.
우리는 오로지 사랑을 함으로써 사랑을 배울 수 있다.

아이리스 머독Irish Murdoch
1919년~1999년. 영국의 소설가

Time and tide wait for no man.
시간은 사람을 기다리지 않는다.

서양 속담

Read not for others but for yourself.
남을 위해서가 아니라 자신을 위해서 책을 읽어라.

서양 속담

Pardon another often, yourself never.
남은 가끔 용서하되, 자신은 용서하지 마라.

서양 속담

인생
때로는
느리게
또 조금
빠르게
다가서기

Part 1

What we dwell on is who we become

삶에 대한
예의

우리가 무슨 생각을 하느냐가
우리가 어떤 사람이 되는지를 결정한다

오프라 윈프리

시간이 모든 것을 말해준다

시간은 묻지 않았는데도 말을 해주는 수다쟁이다

인생의 스승은 시간이다

인생은
책을 통해서 배운다고 생각했는데
살아갈수록 그게 아니라는 생각이 든다.
언제나 나를 가르치는 건
말없이 흐르는 시간이었다.
풀리지 않는 일에 대한 정답도
흐르는 시간 속에서 찾게 되었고
이해하기 어려운 사랑의 메시지도
거짓 없는 시간을 통해서 찾았다.
언제부터인가 흐르는 시간을 통해서
삶의 정답을 찾아가고 있다.
시간은 나에게 스승이다.
어제의 시간은 오늘의 스승이었고
오늘의 시간은 내일의 스승이 될 것이다.

사랑

사랑이란 은밀하고도 거룩한 삶,
나에게서조차 분리된
빛보다, 언어보다 먼저 시작된,
출생조차 불분명한 최초의 삶.
그대를 사랑합니다.
쌀알처럼 쏟아지는 햇살,
사랑하기에 더없이 좋은 봄,
사랑할 수 있는 그대가 있어
행복한 날,
그대를 사랑합니다.

여행을 가고 싶다

이름도 모르는 어느 한적한 마을에 가고 싶다.
세상 묻은 때 다아 씻어버리고
아무 것도 걸치지 않은 첫모습으로 살고 싶다.
비가 오면 둑길도 거닐어보고
바람이 불면 언덕 위로 올라가
구수한 사투리와 검게 탄 얼굴을 보며
꿋꿋하게 버티며 사는 삶의 도전도 배우며
힘들게 살아온 지난날을 파헤쳐
정겨운 입담 속에 다아 흘려버리고 싶다.
내가 누군지 굳이 밝히지 않아도 알려고 하지 않는
넉넉한 인심과 때 묻지 않은 사람들 틈에서 살다가
내가 사는 이곳으로 돌아오고 싶다.

나에게 힘을 주소서

나에게 힘을 주소서.
지치고 힘든 일에 부딪힐 때마다 툭툭 털고 다시 일어날 힘을 주소서.
남 탓으로, 세상 탓으로 원망하지 않게 하소서.
오로지 나의 실수로 인정하게 하소서.
전신이 삶의 상처로 피고름이 흘러내려도 포기하지 않게 하소서.
지나친 집착과 헛된 욕망에 빠져
남의 삶을 살지 않게 하소서.
나에게 힘을 주소서.
어떤 어려움이 찾아와도 견디고 이겨낼 수 있는
나를 신뢰하는 믿음의 기도로 헤쳐 나갈 수 있게 하소서.
사랑으로 믿음으로 끌어안을 수 있게 강한 자신감을 주소서.
가치 없는 걱정을 물리칠 수 있는 현명함을 주소서.
어제보다 오늘, 오늘보다 내일
나를 더 신뢰하고 나를 더 사랑하여
나날이 만족해하는 내가 되게 하소서.
일어나지도 않을 일에 대해서 걱정하는 어리석은 내가 아니라 일어날 일에 대해 미리 준비하는 지혜로운 내가 되게 하소서.
무엇보다도 단단한 삶을 살아가게 나에게 강한 힘을 주소서.

인생학개론

삶에 있어 처음부터 정해진 길은 없습니다.

시작은 두렵고 위험하지만, 자신감을 가지고 첫발을 내딛는 순간 길이 열려 내 삶이 시작되고, 나의 몸, 나의 영혼이 이끄는 행동이 모여 인생이 됩니다.

마치 퍼즐을 맞추는 것처럼 삶의 조각이 그림으로 형상화되지만 그 누구도 그림을 완성하고 가는 사람은 없습니다.

삶이란, 나의 습관적인 행동 속에서 보여주기 위해 존재하는 하늘을 향해 끝없이 올라가는 말풍선처럼 허영으로 가득한 겉모습의 나와, 어제의 거짓이 오늘은 진실이 되고 어제의 적이 오늘은 친구가 되는 사회 속에서 치열하게 싸우고, 실수투성이의 나를 다스리며, 있는 그대로의 나를 사랑하며, 행복한 삶으로 이끌어가는 여행입니다.

내가 삶을 따라가는 것이 아니라 삶이 나를 따라오게 하는 것입니다. 내가 내 삶을 개척하는 것입니다. 하늘이 허락한 시간에 따라 내가 주인이 되어 내 삶의 조각을 퍼즐을 맞추듯 이어가는 것입니다.

화가가 한 편의 그림을 그리듯이, 시인이 빈 여백에 시를 채우듯이, 그려가며 채워가며 완성하는 것이 인생입니다. 수많은 체험을 하며 끊임없이 바라고 노력했음에도 2%가 부족한 미완성 작품이 되는 것이 인생입니다.

책장 속에 꽂혀 있는 오래된 책처럼 언젠가는 내 인생도 한 권의 역사가 되어 추억의 책장 속으로 들어갑니다.

내가 하는 일은 나에게는 시작일지 모르나 그 누군가에게는 끝이 되기도 합니다. 내가 얼마나 빨리 그 일을 시작했느냐가 중요한 것이 아니라 얼마나 정확히 그리고 얼마나 충실하게 그 일을 마쳤느냐에 따라 내 운명이 바뀝니다.

아무리 일찍 시작했어도 도중에 포기하면 가치가 없습니다.

어떤 일을 하든지 시작이 조금 늦었다고 초조해하지는 마세요. 온실에서 너무 일찍 피어버린 봄꽃은 향기가 진하지 않듯 느리게 일이 진행되더라도 중간에 점검하면서 꾸준히 나아가는 것이 중요합니다. 어떤 일에 도전하든 시작도 중요하지만 끝을 정확히 마쳤느냐에 따라 성공과 실패가 갈립니다.

나에게 끝은 종착역이기도 하지만 또 다른 일의 도전이고 시작입니다. 나에게 있어 끝은 새로운 시작을 말합니다.

인생이 한세상 소풍처럼 설레고 기분 좋게 웃고 즐기며 갈 수만 있다면 얼마나 좋겠습니까?

탄생이 있으면 죽음이 있듯이 처음이 있으면 마지막이 있습니다. 행복과 불행, 기쁨과 슬픔, 만남과 이별을 함께하며 마음으로 껴안아야 아름다운 인생이 됩니다. 불행이 거듭되더라도 힘든 인생에 맞서

싸워야 행복이 찾아옵니다.

열심히 살다 보면 빨간 신호등만 켜져 있던 불행한 삶도 어느덧 파란 신호등으로 바뀌고 행복이 찾아옵니다. 긍정적인 생각과 노력만이 어려움을 극복할 수 있습니다.

어떤 사람이라도 삶에 있어 좋은 것만 선택할 수는 없습니다. 누구의 삶이든 시작과 끝의 순환은 '뫼비우스의 띠'처럼 연결되어 있습니다. 삶은 정지되지 않고 영화 필름처럼 순간이 이어져 있습니다. 태어남이 있으면 죽음이 있듯이, '빈손으로 왔다가 빈손으로 간다 Come empty, return empty'라는 말처럼 하나의 원을 그리며 출발한 곳으로 되돌아가는 것이 인생입니다. 마치 기회와 위기를 분간할 수 없는 '뫼비우스의 띠'처럼 늘 순환하는 것이 인생입니다.

양손에 두 개를 다 가질 수 없는 운명을 타고 태어난 존재, 하나를 얻으면 하나를 잃는 것이 인생입니다. 오늘 나의 가족이 새로 태어났다면 가까운 그 어느 날 나의 가족 중 한 사람이 떠나가야 합니다. 결국 삶이란 외롭고 고독한 승부지만 나를 다스리며 산다면 아름다운 영광을 맞이합니다.

살 것인가, 죽을 것인가

"사느냐 죽느냐, 그것이 문제로다 To be or not to be, that is the question!"
햄릿이 말한 것처럼 삶의 벼랑 끝에 서 있다고 느낄 때에는, 무슨 일이 벌어질 것인가를 두려워하지 말고 하던 일을 그대로 놓아두고 일에서 잠시 떠나 있는 것이 좋습니다.
가시가 살 속에 박히면 아프듯이 힘든 상태에서 그대로 몰아붙이면 상처가 전신에 퍼져 독가시가 되어버립니다.
기계도 오래 쓰면 닳거나 고장이 나듯 사람의 몸도 마음도 청소와 검진이 필요합니다. 치유의 시간이 자주 있을수록 삶의 스트레스는 줄어듭니다.
사람이 감기가 걸리거나 몸이 아픈 것은 '쉬어가라'는 의미입니다. 잠시 동안 하던 것들을 놓아두고 사색하며 지켜보는 삶도 괜찮습니다. 쫓기듯 살아온 지난 시간을 돌아보고 따뜻한 커피 한 잔, 한 편의 휴먼 영화, 마음을 편안하게 해주는 음악을 들으며 과거를 회상하면 나를 행복하게 해주었던 추억들이 바람과 함께 찾아와 고단한 내 등을 토닥여줍니다.
산으로, 바다로, 가까운 공원으로 사색의 여행을 떠나는 것, 그것이 삶의 재충전입니다.

내가 자주 찾는 곳은 덕수궁 입구에서 경향신문사까지 이어져 있는 '낙엽을 쓸지 않는 길'로 유명한 정동길입니다.

멀리 가고 싶다고 느껴질 때에는 검게 그을린 원주민의 일하는 모습을 보며 위로를 받고, 발길 닿는 곳에서 지역을 대표하는 독특한 음식을 먹는 것도 나를 위한 선물이 됩니다.

자연을 찾는 이유 중의 하나는 언제 어느 때 찾아가도 묻거나 따지거나 불평하지 않고, 누구에게든 평등하게 쉴 자리를 내어주기 때문입니다. 두 번째는 시간의 정지나 느림의 미학을 느끼기 때문입니다. 세 번째는 내가 사는 서울이라는 도시도, 죽어도 벗어나지 못하는 냉혹한 현실의 세계도 잊을 수 있기 때문입니다.

아마도 가장 중요한 이유는 오래도록 사람과 함께 살아오면서도 아낌없이 베풀고 있는 자연을 닮고 싶기 때문입니다. '희생적인 사랑, 나눔 그리고 배려'라는 자연의 정신을 배우기 위해서입니다. 어머니 품 같은 그 안에서 자연의 고운 결에 취하고 향에 취하며 자연을 닮아가려고 노력하는 것도 자연에 대한 사람의 예의입니다. 한 치의 의심 없이 자연에 마음을 던지며 위로받는 것이 나를 위한 선물입니다.

자연을 찾아가는 여행의 기쁨은 또 있습니다.

볕 좋은 날에 낯선 여행객에게 건네주는 달달한 낮술 한 잔에서 작은 기쁨을 느끼는 것도 행복입니다. 푸짐한 콩나물국밥을 먹으면서

입가에 미소가 번지는 그런 기쁨을 만나는 것도 행복입니다. 운이 좋으면 기적 같은 인연도 만나게 됩니다.

결국 인생이란 나를 찾아가는 여행입니다. 살아갈수록 살아갈 이유가 하나씩 줄어가는 것, 그것이 인생이 아닐까 합니다.

여유를 가져보는 것, 나를 돌아보는 시간을 갖는 것이 필요합니다.

부질없는 욕망도 일정한 시간이 흐르면 사색의 그물망을 저항 없이 빠져나갑니다. 행복을 안으려다 한없이 허기지고 지칠 때는 쉬어야 행복에 더 가까이 갈 수 있습니다.

모네가 그린 점묘화를 보면 무엇을 표현하는 것인지 모를 때가 있습니다. 잠시 물러나서 다시 바라보면 그림의 내용과 의미를 파악하게 됩니다.

마치 불교의 보리수, 예수가 못 박힌 십자가를 보면 삶과 죽음을 생각하듯이 삶에는 양면성이 있습니다.

분주함 뒤에는 쉼이 있고 상처 뒤에는 치유가 찾아옵니다. 그래야 삶의 풍랑에도 견뎌내는 단단함이 생기기 때문입니다. 숱한 기쁨과 슬픔이 예고 없이 머물다 가는 것이 인생입니다.

쉰다는 것, '휴休'는 사람이 나무에 기대어 쉰다는 의미도 됩니다. 사람은 자연에 기대고 자연은 사람을 보듬어 쉬도록 자리를 내어주는 것, 그것이 자연과 사람이 하나가 되는 순간입니다.

아낌없이 자신의 그늘을 내어주는 시골 어느 한적한 마을을 찾아 낮은 곳을 바라보면 자라나는 새싹, 기어다니는 벌레를 발견하고는 삶의 환희를 느낄 수 있습니다. 높은 곳만 바라보던 일상에서 벗어나 버드나무 아래에 앉아 쉬다 보면 내 안에 자리한 순수하고도 고귀한 네 살의 영혼을 만나게 됩니다. 영혼을 만나 대화를 하는 동안 살아갈 이유를 찾게 되고 새로운 힘을 얻습니다.

철학이 있는 삶을 살고 싶다면, 추억Memory이 있는 삶을 느끼고 싶다면, 쉼, 휴식은 꼭 필요한 산소입니다.

결국 인생이란 나를 찾아가는 여행입니다
살아갈수록 살아갈 이유가 하나씩 줄어가는 것.

그것이 인생이 아닐까 합니다

치유 그리고 파라다이스에 갇히다

세상이 온통 이해할 수 없는 것들로 가득하고 그래서 더 두려웠던 스무 살 때에는 루이제 린저Luise Rinser, 1911~2002, 독일의 여류 소설가의 "생의 한가운데"를 읽으며 삶을 생각하고 괴테Johann Wolfgang von Goethe, 1749~1832, 독일의 시인 · 극작가 · 정치가 · 과학자의 "젊은 베르테르의 슬픔"을 읽으며 사랑의 정의도 스스로 내려보았습니다.

가장 중요한 것은 어떻게 살아야 할지 막막했던 두려움과 혼돈의 이십 대를 다양한 종류의 책을 읽으며 위로를 받고 내 삶의 로드맵을 그렸다는 것입니다. 책은 나에게 혼돈과 방황의 시간을 잘 견디게 해주고 현재의 나를 있게 해준 삶의 동반자였고 앞으로도 그 역할은 계속될 것입니다.

오늘은 헬렌 켈러Helen Adams Keller, 1880~1968, 미국의 맹농아 저술가이자 사회사업가의 책을 읽다가 내 심장을 뛰게 했던 말을 소개합니다.

보지도 듣지도 말하지도 못하는 헬렌 켈러는 "그대의 얼굴을 태양을 향하게 하라"고 말했습니다. 태양을 본다는 것은 어두운 그림자를 보지 않는다는 말입니다. 아무리 힘들어도 밝은 곳을 바라보며, 긍정적으로 생각하며, 싸우기보다는 '융화'를, 원망보다는 '사랑'을 하라는 의미입니다.

사람은 누구나 처음부터 악하게 태어난 사람은 없습니다. 사는 것이 힘들고 지쳐 모든 것이 내 맘대로 안 되면 생각이 부정적으로 바뀌고, 부정적인 생각이 고정되면 부정적인 행동으로 나타나겠지요. 그것이 습관이 되면 행동이 악하게 변하겠지요.

지난 행동이 아무리 착했더라도 지금 내가 악한 행동을 하면 나도 나쁜 사람이 된다는 것, 살면서 알았습니다.

아무리 힘들어도 따뜻한 영혼이 숨 쉬던 처음의 생각과 행동을 가지려고 노력하고 있습니다. '싫다', '안 될 거야'라는 부정적인 생각보다는 '좋다', '잘 될 거야'의 긍정적인 생각을 많이 하면 자신감이 생기고 어제는 절대로 안 풀릴 거라 생각했던 일도 오늘은 해결되는 기적이 찾아옵니다.

긍정적인 생각과 행동의 결합체가 기적을 만듭니다.

내 삶에 완전한 통제권을 행사할 수는 없지만 생각하고 느끼고 선택하고 행동하면서 삶을 책임지는 힘이 생깁니다. 아주 특별하고 비범한 생각보다 보통의 생각, 보통의 행동이 나에게 만족을 주고 나를 편하게 해줍니다.

나를 힘들게 했던 세상 사람들을 원망하거나 비난하기보다는 밝은 태양을 바라보며 웃습니다. 웃고 보니 중심 잡지 못하고 흔들리던 삶의 방향까지도 어슴푸레 보였습니다.

상대방의 입장이 되어보니 배려에 대한 생각이 떠오릅니다. 들끓던

분노도 원망도 활활 타오르는 태양 속으로 존재를 던집니다. 겨울나무처럼 원망을 버리고 비난을 비우니 마음도 넉넉해집니다. 나를 힘들게 했던 그 마음까지 이해하고 사랑하게 됩니다.
편안한 마음이 나를 감싸 안습니다. 곧 내 안의 나와 바깥의 내가 변화의 새 옷을 갈아입고 기분 좋은 춤을 출 것 같습니다.
작은 변화가 이렇게 큰 기쁨을 가져다준다는 것, 이 또한 삶의 신비입니다. 생각이 바뀌니 행동도 변하고 행동이 변하니 세상이 달리 보인다는 것을 느껴본 하루입니다.

사하라 사막을 걸어가는 마라토너

사람으로 태어나 사람답게 산다는 것, 특히 나답게 산다는 것이 쉽지 않다는 것을 느낍니다. 사람의 삶은 하루아침에 완성되는 것이 아니라 순간순간이 모여 나의 삶으로 정착이 됩니다.

자연이든 동물이든 인간이든 영원할 수는 없습니다.

메마름과 고통의 사하라 사막을 달리는 마라토너도 고통을 견뎌낸 후에야 승리를 맛볼 수 있습니다. 고통이 없는 행복은 없습니다. 고통을 이겨낸 사람만이 행복을 맛볼 수 있습니다.

인생은 선택의 연속이지만 삶과 죽음은 내 맘대로 선택할 수 없습니다.

식물에도 사시사철 푸른 잎을 지니고 고매한 인품을 나타내는 '수백 년을 사는 소나무'가 있는 반면 나팔꽃처럼 '아침에 피었다가 저녁에 지는 허무한 꽃'도 있는 것처럼, 사람 또한 영원한 삶을 사는 사람은 없습니다. 태어나자마자 죽는 아기도 있고 서른 살에 운명을 달리하는 사람도 있고 100년 넘게 사는 사람도 있습니다. 사람의 목숨은 하늘의 뜻입니다.

길을 가다가도 하늘이 부르면 가야 하고, 열심히 프레젠테이션을 하던 사람도 하늘이 부르면 가야 하고, 좋은 사람을 만나러 가느라 운전을 하던 사람도 하늘이 부르면 가야 합니다.

내 뜻대로 할 수 없는 것이 삶이고 죽음입니다. 지금 이 순간 최선을 다하며 내가 목표로 삼았던 꿈을 향해 멈추지 않고 꾸준히 가는 것이 바람직한 삶입니다. 노력하면 최고의 꿈은 아니더라도 차선의 꿈은 이루어지니까요.

이 세상에 영원히 소유할 수 있는 것은 아무 것도 없습니다. 있는 그대로의 나의 삶을 표현하는 연극의 주인공이 되어 잠시 공연하다 사라지는 존재입니다.

사하라 사막을 걸어가는 고독한 마라토너가 인생입니다.

누군가를 설득한다는 것은

오늘 누군가를 설득하는 데 너무 힘든 하루를 보냈습니다.
캐나다의 한 인디언 부족은 동물을 죽이기 전에 동물들에게 왜 죽이는지를 직접 설명한다고 합니다. 아마도 죽이는 이유에 대해 따뜻한 이해를 구한다는 말이겠지요.
어떤 일을 진행함에 있어 누군가에게 동의를 구한다는 것은 참 어려운 일입니다. 아마도 나에게는 설득의 힘이 부족한 것 같습니다.
다양한 생각을 하나로 융합하기 위해서는 많은 시간과 끈기가 필요하지만 가장 중요한 것은 믿음과 확신이라는 생각을 했습니다. 누군가와 함께 어떤 일을 수행함에 있어 얻어지는 효과와 그 일을 함으로써 나타날 수 있는 피해를 생각해야 하니까요.
긍정적인 효과보다 내가 볼 피해를 먼저 생각하는 것이 사람의 마음이겠지요. 하지만 긍정적인 이익이 발생하겠기에 일을 진행해야 하는데도 나에게 사람을 움직이는 설득의 능력이 부족했나 봅니다.
그들의 마음을 움직이는 데 오랜 시간이 걸렸습니다. 시간과 끈기가 필요했습니다.
보통 인내심의 한계상황이 오면 사람들은 포기하는 버릇이 있지만 물러서기에는 그동안 투자한 시간과 노력이 너무 아까워 끝까지 도전했습니다.

함께 식사를 하는 동안 손으로 과일을 집어 먹으면서 그의 행동을 따라하며 호감을 샀고 물 컵에다 와인을 따라 마시면 나도 그렇게 해서 동질감을 느끼도록 했습니다.

상호의 법칙이 통한 날이었습니다. 말에 있어 설득력이 부족한 나에게 행동의 설득력이 통한 날이었습니다.

반대 의견을 가진 사람을 내 편으로 만드는 능력을 가진 사람이 성공할 확률이 높다는 것을 오늘 다시 느껴봅니다. 나를 좋아하고 나를 따르는 사람이 많을수록 내가 하는 일도 성공할 확률이 높겠지요. 처음에는 힘들어도 진심 어린 마음과 행동으로 끝까지 포기하지 않고 설득하면 얼음처럼 얼어 있던 마음도 서서히 녹아내리며 내 편이 된다는 것을 알게 되었습니다. 그동안 안 풀리던 삶의 물음도 술술 풀릴 것 같습니다.

생각과 생각이 동화된다는 것, 그래서 하나를 이룬다는 것은 새로운 창조가 된다는 것을 알았습니다. 설득의 법칙은 진심과 끈기라는 것을 다시 한 번 새겨봅니다.

때로는 나무늘보처럼, 때로는 카멜레온처럼

변화의 세상 속에 자연과 사람이 동행하고 있습니다.

지구가 쉬지 않고 움직이듯 삶에 있어 변화는 피할 수 없는 법칙입니다. 살기 위해서는 스스로 변화해야 합니다. 아니, 변화를 거부해도 저절로 조금씩 변화하는 나를 느낍니다.

'소중한 사람을 만나는 데는 일 분이 걸리고, 그와 사귀는 것은 한 시간이 걸리고, 그를 사랑하게 되는 것은 하루가 걸리고, 그를 잊어버리는 것은 일생이 걸린다'는 말이 있습니다.

가끔 책이나 신문 혹은 방송 카피에서 나의 오감을 흔드는 글귀를 봅니다. 그 한 줄의 메시지가 내 삶의 방향을 바꾸는 따뜻한 안내자가 됩니다.

예전에는 인생의 스승은 책이라고 했지만 지금은 소셜 네트워크 시대에 살고 있기에 스마트폰에서, 길거리를 지나다니며 우연히 들은 노래 가사에서, 기업의 광고판에서, 일회용 전단지나 윈도숍에서도 내 영혼을 흔들어놓는 작은 감동을 받습니다.

한 줄의 노래 가사 혹은 단 한 줄의 메시지가 지난 시간을 돌아보게 하고 현재의 나를 체크하며 내 삶의 방향을 바꾸기도 한다는 것, 살면서 내가 느낀 지혜입니다. 작은 감동이 나를 돌아보게 하기도 하고 아예 삶의 행로를 바꾸어놓기도 합니다.

가장 어리석은 사람은 자신을 위해 세상이 바뀌기를 기다리는 사람입니다. 그것은 불가능한 일입니다. 세상 속으로 들어가려면 자기 스스로를 바꾸어야 지혜로운 사람입니다.

내가 선택한 길이 옳은 길이고 과정도 행복하다면 해만 바라보고 해가 유일한 신이라고 생각하는 해바라기 삶처럼, 오로지 나무에 붙어 나뭇잎만 먹고사는 나무늘보가 되는 것이 맞지만 내가 가는 길이 남의 길이라 생각되고 일이 잘 풀리지 않을 때는 즉시 카멜레온처럼 변신을 하는 것이 도전하는 삶의 한 방법입니다.

바꾸는 힘 그리고 용기는 결국 내가 선택하는 것입니다. 선택 후에 찾아오는 책임도 나의 몫입니다. 나에게 여전히 무언가는 바꿀 수 있다는 것, 그런 힘 그리고 시간이 남아 있다는 것은 기회이고 축복입니다. 어제 불행한 시간을 보냈었다면 그래서 오늘은 생각과 행동을 조금 바꿨다면 아마도 내일은 웃을 것입니다.

생각의 전환이 나의 미래를 바꿉니다. 행복한 인생을 위해 변화를 두려워하지 말아야 합니다. 변화가 미래의 내 삶을 결정하니까요.

터닝 포인트

Turning Point

현재의 사회적 위치나 경제적 능력은 태어나서 어제까지 살면서 노력한 결과입니다. 그리고 오늘부터의 결과물은 미래 어느 날 나타납니다.

과거에 잘못 살았거나 실패했다고 해서 미래까지 실패하지는 않습니다. 꽃이 피기까지 일정한 시간이 필요한 것처럼 과거와 다른 삶을 살고 싶다면 노력하면서 일정한 시간을 기다려야 합니다. 생각도 행동도 과거와 다른 모습으로 바뀌어야 합니다.

인내심을 가지고, 자신감을 가지고 도전하세요. 이 순간이 절망적이라는 생각이 든다면 위기이자 기회입니다. 생각과 행동을 바꾸면 새로운 세계가 나타납니다.

지난 시간이 눈물과 고통, 그리고 추운 겨울처럼 혹독한 시련이 함께했다면 노력에 따라 미래는 더 많이 웃고 더 많이 즐거운 날이 찾아옵니다. 시련의 겨울이 주는 교훈을 소중히 여기며 성실히 살아간다면 눈은 녹을 것이고 그대를 위한 태양은 다시 떠오를 것입니다.

혹독한 겨울에도 끊임없이 성장하는 늘 푸른 소나무를 생각하며 용기를 가지세요. 그리고 지금, 다시 출발선이라 생각하고 시작하세요.

살아 있는 한 인생에 있어 늦은 나이는 없습니다.

도전하세요. 그러면 길이 열리고 보입니다. 두드리세요. 그러면 그대를 위한 기회의 문이 열립니다. 행복으로 가는 문이 열립니다.

몸이 가는 곳으로, 마음이 가는 곳으로 가세요. 아무리 힘들어도 포기하지 않는 한 고지는 보입니다. 가다가 힘들면 사하라 사막이라 생각하고 곧 오아시스를 만나리라 기대하세요.

가다 보면 목적지를 가리키는 이정표가 보입니다. 포기하지 말고 가세요. 그대의 행복은 그대 눈높이에 있습니다.

인내심을 가지고, 자신감을 가지고 도전하세요
이 순간이 절망적이라는 생각이 든다면 위기이자 기회입니다
생각과 행동을 바꾸면 새로운 세계가 나타납니다

짧은 사색

갈 곳 없는 사람보다 갈 곳 있는 사람이 행복하지만, 때로는 가고 싶지 않는 길에서 만나고 싶지 않은 사람과 마주칠 때가 있습니다. 지극히 불편하고 어색한 해후가 되겠지요.

인생이라는 것은 '하늘도 세 평, 꽃밭도 세 평, 마당도 세 평'이라고 적힌 낙동강을 벗 삼아 외로움을 달래는 승부역 같은 간이역도 만날 것이고 때로는 시원하게 뚫린 고속도로를 단숨에 달리는 KTX 용산역 같은 멋진 역도 만날 것입니다.

인생에는 길 찾아주는 내비게이션도 없습니다. 그럼에도 불구하고 길을 선택해서 가야 합니다. 매일매일 색다른 봄꽃이 피듯 나를 위한 꿈의 출구만 있다면 얼마나 좋을까요?

하지만 시골 간이역의 낡은 나무 벤치에 앉아 곡식을 장터에 내다팔기 위해 하염없이 기차 오기만을 기다리는 농부처럼, 또 읍내 학교로 가기 위해 낡은 벤치에 앉아 영어 단어를 외우며 기차를 기다리는 학생들처럼, 인생은 아침에 눈을 뜨는 순간부터 기다림의 연속입니다. 기다림 속에 꿈을 열고 닫습니다.

나의 인생은 내가 첫발을 내딛는 순간부터 시작됩니다.

한 발 한 발 내딛을 때마다 넘어질까봐 두려워하기보다는 과감히 내딛어 넘어지더라도 다시 일어나 묵묵히 가는 것이 중요합니다. 인생이라는 길은 가다 보면 고속도로도 만나고 샛길도 만나고 여러 갈래의 길을 만나 어느 길을 선택할까 망설이고 고민합니다. 어떤 길을 선택하든 그 선택에 대한 책임은 나의 몫입니다. 가고 또 가다 보면 하나의 길이 보입니다. 하나의 길이 계속되는 그 지점이 내 인생을 발견한 것입니다. 그 길을 찾아가는 여행이 내 인생입니다.

상실은 삶의 완성

상실, 이별은 삶의 대가이고 또 다른 시작의 모태가 됩니다.

평생 내 곁을 떠나지 않을 거라 믿었던 사람이 떠납니다. 언제까지나 내 곁에서 든든한 버팀목이 되어주실 거라 생각했던 아버지도 노란 은행잎이 발갛게 물든 어느 날 소리 없이 떠나가셨습니다.

어쩔 수 없는 이별이 나와 아버지의 사이를 건널 수 없는 강이 되어 가두어버렸습니다. 평생 내 곁에서 나를 지켜줄 거라고 믿었던 확신이 무너져버렸습니다. 지울 수 없는 상실감, 감출 수 없는 슬픔은 눈물로 큰 강을 만듭니다.

무얼 해야 할지 머릿속은 텅 비고, 시선은 허공에 맴돌며, 마음은 날카로운 가시 더미에 찔리듯 아파옵니다. '효도할 걸, 죄송하다고 말할 걸, 미리 병원에 모시고 갈 걸, 내 잘못이야' 하고 후회해도 소용이 없습니다.

사랑하는 사람과의 이별은 치명적인 슬픔으로 다가와 오래도록 후회와 상처를 남깁니다. 아마도 살면서 가장 많이 겪는 감정이 슬픔인지도 모릅니다.

사실 슬픔은 사람만이 가진 감정이고, 사람을 가장 사람답게 만듭니다. 슬퍼하면서 아픈 마음을 밖으로 쏟아내 스스로를 치유합니다. 슬퍼할 줄 모른다면 마음의 병을 앓을 것입니다.

하지만 인생의 키 자체를 슬픔에 맡기면 헤어날 수 없습니다.

울고 싶을 때는 실컷 울어야 합니다. 울고 나면 슬픔이 발판이 되어 새로운 출발을 할 수 있으니까요. 상실의 슬픔을 겪은 사람만이 진정한 행복을 알 수 있는 법이니까요.

시간이 흐르면 폐쇄됐던 마음이 다시 문을 엽니다. 슬픔 대신에 기쁨이 찾아오지요. 어둠과 빛이 함께 공존하는 것처럼 만남과 이별, 가족과 이웃, 동료와 친구가 있고 맛있는 음식이 있는 잠시 정지했던 평범한 일상을 다시 안습니다.

삶을 지탱하는 힘은 무엇일까요? 그것은 익숙한 일상이지요. 기쁨에 화답하는 환호와 슬픔에 대답하는 절규가 있으니까 살아가는 것입니다. 그래서 시간이 흐르면 상실의 시기에 이별했던 사람과의 상상적인 치유도 가능한 것 같습니다.

소중한 것을 잃어버리고 아픔과 고통을 겪으면서 분명 찾는 것도 있습니다. 바로 더 이상 소중한 것을 잃지 않기 위해 노력하는 마음입니다. 일종의 '책임'의식이 생깁니다. 가족에게, 친구에게, 동료에게 책임을 다하려는 마음이 강해집니다.

사랑하는 사람을 잃은 상처는 어떤 것으로도 치유되지 못하지만 경험을 통한 학습효과는 배가됩니다. 비록 마음속은 잊으려는 기억과 잊히지 않으려는 기억이 싸움을 벌이는 전쟁터가 될지라도 현실에서는 존재하는 것들을 위해 최선을 다하려는 강한 책임의식이 생기니까요.

어쩌면 상실, 이별은 사람을 생물학적 성숙에서 사회적인 성숙으로 한 단계 업그레이드하게 만드는 출발선인지도 모릅니다. 이별했지만 소중한 뜻을 잊지 않고 가슴에 새기고 살아가는 것, 그것이 상실한 것, 이별한 사랑에 대한 책임입니다.

소중한 것이 먼지처럼 사라지기 전에 온몸과 온 마음으로 책임을 다해야 합니다. 그것이 만남에 대한 예의이고 이별에 대한 보답이며 결국 삶의 완성을 의미합니다.

슬퍼하면서 아픈 마음을 밖으로 쏟아내 스스로를 치유합니다
인생의 키 자체를 슬픔에 맡기면 헤어날 수 없습니다
울고 싶을 때는 실컷 울어야 합니다

용서한다는 것은

누군가를 용서하기란 쉽지 않은 일입니다. 용서는 돈으로 사고파는 것이 아니라 마음으로 나누는 것이기 때문입니다.

나에게 피해를 준 누군가를 미워하고 그가 잘못되기를 바라는 마음은 어쩌면 사람의 본성입니다. 살다 보면 머리는 용서했다고 하지만 마음은 여전히 용서가 안 되는 일이 많습니다. 미운 감정이 앞서고 화가 나기 때문에 쉽게 용서가 되지 않습니다.

그럴 때에는 시간의 힘을 빌리는 것이 좋습니다. 시간이 흐르면 지독한 미움도 작아지거나 잊히니까요.

따지고 보면 아주 작은 것을 쉽게 용서하지 못할 때가 많습니다.

하지만 용서하지 않는 시간이 길수록 마음이 무겁고, 아프고, 힘이 듭니다. 반대로 용서하면 마음이 편해진다는 것도 알고 있습니다. 용서하는 사람이 건강하다는 것도 압니다.

아주 작은 일부터 용서해보세요. 아침 출근길에 부딪쳐 커피를 쏟은 타인의 실수, 이유 있는 아내의 거짓말, 먹고살기 위해 나를 속였던 친구…….

돌이켜보면 우리는 커다란 일은 물론 살아가면서 누구나 할 수 있는 아주 작은 실수까지도 용서하지 못합니다.

옷에 묻은 먼지를 툭툭 털어버리듯이 용서하세요. 한번 마음먹으면 용서가 됩니다. 이 세상에 안 되는 일은 거의 없습니다.

이 순간 누구 때문에 몹시 화나고 마음이 무겁다면 당장 큰마음으로 그 사람을 용서해보세요. 우울했던 마음, 어둡던 세상이 밝아집니다. 내가 웃어야 가족도 이웃도 심지어 용서받을 사람도 웃을 수가 있습니다. 내가 용서하면 나중에 그 누군가에게 용서를 받을 일도 가벼워집니다. 먼저 용서하는 마음을 가질 때 가족과 이웃이 편해집니다. 용서하는 순간 삶은 가장 아름답게 빛이 납니다.

지성인으로 산다는 것은

공부를 한다는 것은 지성인이 되겠다는 의미입니다. 남보다 더 지성인이 된다는 것은 결국 남보다 더 나은 삶을 산다는 의미입니다.

나에게 맡겨진 책임을 수행하는 데도 충분한 지식이 필요합니다. 인생에 있어 지식을 얻기 위해 좋은 학교, 좋은 선생님을 만나는 것도 중요하지만 가장 중요한 것은, 지식이란 스스로 반복학습을 통해서 노력한 만큼 얻어진다는 것을 깨닫는 것입니다.

지식을 갖춰야 지성인이 됩니다. 인간답게 대접받고 잘 살아가기 위해서 지성인이 되어야 합니다. 꾸준한 사색과 꾸준한 반복학습이 지식을 채워주는 바탕이 되고 지성인으로 가는 길을 열어줍니다.

지혜와 용기를 주는 책, 마음의 정화를 안겨주는 책, 세상 반대편으로 나를 데려다주는 책, 그래서 용기를 갖게 하고, 정의를 생각하며, 절제할 줄 알고, 지혜까지 얻는다면 70%는 성공한 것입니다. 게다가 세상이 달리 보이고 새로운 삶의 관점을 안겨준다면 좋은 친구 그리고 스승이 된 책입니다.

스스로 선택해서 만나고 느끼고 내 것으로 만드는 것, 그래서 마음의 울림을 느꼈다면 그것이 내 지식이고 내 지성이 되는 것입니다.

결국 배우고 깨우치고 그래서 지혜로운 사람, 나를 지성인으로 만들어주는 것도 나 자신입니다.
내 안에 잠재한 보물을 찾아내는 것이 내 삶의 목적이고 완성입니다. 책을 가까이하는 것, 배움의 실천이 나를 지성인으로 이끌며 행복한 삶의 로드맵을 그려줍니다.
특히 삶의 갈림길에 서 있을 때 책을 탐험하세요. 그것만이 괜찮은 인생을 찾아가는 내비게이션이 됩니다. 하루를 공부하며 개척하는 자세로 살아간다면 반드시 행복한 삶의 종착역에 도착할 것입니다.

프라하, 그곳에 가고 싶다

누구 때문에 마음이 혼란스럽고 세상이 다 귀찮고 이 순간을 벗어나고 싶다면 치유의 시간이 필요한 것입니다.
몸에 상처가 나면 병원에서 처방을 받아 주사를 맞고 약을 먹으면 금방 낫듯이 마음 깊숙이 박힌 상처의 독가시도 바로 치유해야 더 깊은 병에 걸리지 않습니다. 살아온 시간만큼 상처가 많기 때문에 치유의 시간을 자주 갖는 것이 좋습니다.
살면서 나를 행복하게 해주는 것을 발견할 때 고통이 와도 이겨낼 수가 있습니다. '무엇이 나를 행복하게 하는가?'를 스스로에게 묻고 내가 원하는 곳에서, 내가 원하는 것을 하면 됩니다. 그때가 치유의 순간입니다. 꽃과 나무가 따사로운 햇빛과 비를 받아 아름답게 자라듯이 치유의 방법은 많습니다.
나는 스트레스를 받으면 영화 '프라하의 봄'에 나오는 주인공처럼 자유로운 영혼의 소유자가 되어 프라하를 온몸으로 껴안는 꿈을 꿉니다. 때로는 여행이 현실을 배반할 만큼 만족을 느끼지 못할 때도 있지만 낯선 곳으로의 일탈은 두렵지만 도전하고 싶은 내 욕망을 채워줍니다.

또 때로는 몇 날 며칠 꼭꼭 숨어들어, 최악의 조건에서도 치열하게 살아내어 불멸의 영웅이 된 베토벤이나 고흐 같은 과거 사람들의 자서전을 읽으며, 나를 혼돈의 도가니로 몰아붙였던 필요 없는 것들을 밖으로 밀어냅니다.

아픈 어제의 시간, 나를 화나게 했던 그 어느 날의 기억을 며칠의 여행, 몇 줄의 글로 치유합니다. 책 속에서 그들을 만나며, 무언의 대화를 나누며, 현재의 내 삶과 비교를 하며, 스스로를 위로하고 토닥여줍니다.

그게 상처받은 나의 몸과 영혼을 치유하는 하나의 방법입니다.

치유의 방법은 여러 가지가 있습니다. 정신과 의사를 찾아 도움을 받아도 좋지만 보편화된 방법으로는 책을 읽거나 좋아하는 연극을 보거나 오페라를 감상하는 것이 있습니다. 여유가 있다면 가난으로 해가 뜨고 가난으로 해가 지는 지구 반대편의 알라 신의 나라로 가서, 마치 영화 '러브 인 아프리카'에서처럼 서로 피부색은 다르지만 넓은 초원에서 뛰노는 아이들로부터 사랑의 진정성을 배우는 것도 좋은 방법입니다.

지식과 경험 그리고 사랑을 꼭 어른에게만 배운다는 보장은 없습니다. 아이들과 자연에게서 배울 것이 정말 많습니다. 인생에서 만나는 인연은 모두가 스승이 됩니다. 네 살짜리 아이도, 스무 살짜리 대학생도, 여든의 할머니도 스승이 됩니다. 치유, 그것도 살면서 만나는 모든 인연에 의해 치유가 됩니다.

좋은 사람을 만나러 여행을 떠나든지, 가난하지만 가난을 부끄러워 하지 않는 아프리카 아이들을 만나러 가든지, 극기 훈련이라도 하듯 사하라 사막을 홀로 걷든지, 내 몸이 이끌고 마음이 따라간다면 치유가 됩니다.

치유라는 것은 당장 하고 싶은 무언가가 떠오르면 그게 치유의 방법입니다. 치유에도 실천이 중요한지라 타이밍을 놓치면 불치병이 됩니다. 나를 기분 좋게 해주는 곳을 찾아가 몸이 움직이는 대로 마음이 가는 대로 가슴이 시키는 대로 행동하는 것이 치유가 됩니다.

울고 싶으면 울고, 웃고 싶으면 소리쳐 웃고, 전신으로 느끼며 심장을 뛰게 하세요. 실컷 울고 웃다 보면 가슴이 뻥 뚫리는 것을 느낄 것이고 어제 풀리지 않았던 문제에 대한 해결방법이 떠오를 것입니다.

심장이 뛰고 몸이 춤추는 시간이 오면 치유가 된 것이고 기분 좋게 치열한 삶의 터전으로 돌아갈 수가 있습니다.

한 달에 한 번, 일 년에 한 번 치유의 날을 정해 오로지 나를 사랑하는 시간을 가져보세요. 나를 기분 좋게 하는 것은 무엇인지, 나에게 힘을 주고 용기를 주는 것은 무엇인지, 나에게 웃음을 주고 편안함을 주는 것은 무엇인지, 있다면 바로 만나세요.

활짝 피어난 야생화의 향기를 맡으며, 싱그럽게 떨어지는 빗방울을 보며, 두 뺨을 어루만지는 감미로운 바람, 발에 밟히는 촉촉한 흙의 감촉이 살아 있음을 느끼게 하고 삶의 물음에 친절한 안내자가 되어 답을 줍니다.

그들이 나의 아픈 영혼을 치유해줄 것이고 그 안에서 삶의 지혜도 배웁니다. 아마도 이전보다 더 많이 나를 사랑하며 나를 아끼며 내가 소중하다는 것을 느끼게 됩니다.

치유의 시간을 통해 나를 사랑하는 법을 배우게 됩니다. 화려한 장미꽃이 아름다움을 뽐내는 데는 햇빛과 비와 바람 그리고 흙이 보조 역할을 하듯, 결국 세상에서 가장 소중한 사람은 나이고 나머지 사람들과 자연은 나를 도와주는 어시스턴트라는 것을 알게 됩니다.

이 세상의 주인이 나라는 것을 깨닫고 나의 존재 가치를 느낀다는 것은 나를 사랑하게 되었다는 의미이고 내 삶의 목적과 가치를 알았다는 뜻입니다. 삶의 완성의 근원은 삶의 목적과 가치를 아는 것이니까요. 그 경지에 이르렀다면 괜찮은 삶을 살게 될 테니까요. 삶은 결국 내 영혼을 만나러 가는 여행입니다.

지금 고통으로 신음하고 있다면 가슴의 문을 활짝 열고 가슴이 시키는 것을 하세요. 그것이 삶의 지혜를 배우고 상처받은 영혼을 치유하는 가장 좋은 방법이며 행복의 문을 여는 마스터키입니다.

때로는 여행이 현실을 배반할 만큼 만족을 느끼지 못할 때도 있지만
낯선 곳으로의 일탈은
두렵지만 도전하고 싶은 내 욕망을 채워줍니다

멈추고 싶은 유혹, 쉼

시간을 밟아가는 것도 사람이고 흔적을 남기는 것도 사람입니다. 결국 시간의 주인은 사람이라는 말입니다. 시간을 밟아가며 만들어낸 길 위의 흔적은 내 삶의 영광이 되고 때로는 상처가 됩니다.

길을 걷는다는 것은 내 머릿속에 그려진 로드맵에 따라 내 삶을 가는 것입니다. 어제는 오늘의 추억이 되고 내일은 오늘의 희망이 되는 것이 인생이 아닐까 합니다. 길은 걸어주지 않으면 한낱 땅에 불과하듯이 삶 또한 내가 열심히 걸어주어야 온전한 내 삶으로 완성됩니다.

때로는 찔레꽃 향기에 취하고 목련꽃의 고운 결에 취하듯이 삶이라는 불가사의한 길섶에서 아름다운 풍경을 만난다면 그 길 끝에서 멈추고 길을 잃고 싶은 유혹에 빠지는 것 또한 인생이라 생각됩니다.

길도 때로는 아무도 지나가지 않는 순간이 있듯이 사람도 가끔은 혼자 사색할 시간이 필요합니다. 가끔은 비어 있어야 채우고자 하는 욕망이 생기는 것처럼 아주 가끔은 텅 빈 공간이 그리울 때가 있습니다.

삶의 법칙

오늘은 잘사는 방법이 무엇인지를 생각해보았습니다.

너무 깨끗한 물에는 물고기가 살지 않듯, 사람도 마찬가지입니다. 내 성격이 너무 곧고 바르면 외로울 것이고 내 주위에 사람도 모이지 않겠지요. 혼자 살기에는 적합한 성격일지 모르나 더불어 사는 세상을 살아가기는 힘이 들 것입니다.

때로는 투명한 햇살처럼 맑게 때로는 여러 사람이 모여들 수 있도록 탁하게 중용을 지키는 것이 바람직할 거란 생각을 했습니다.

너무 강한 햇살은 시력을 잃게 하고 너무 어두우면 앞으로 나아갈 수 없듯이 삶도 마찬가지입니다. 오늘 웃으면 내일은 울 준비를 하고 오늘 행복하면 내일 불행할 준비를 해야 합니다.

행복한 삶에 있어 원칙이라는 것은 없습니다. 너무 익숙한 것에 길들여 있다거나 일반화된 고정관념을 갖고 있다면 바꾸세요.

도전은 용기가 필요합니다. 그리고 자기 확신이 필요합니다. 그리고 과감히 세상 속으로 들어가세요. 허물을 벗지 않는 뱀은 언젠가는 죽듯이 늘 변화 속에 살아야 하고 군중 속에서 정답을 찾아야 합니다.

동물은 본능에 따라 행동하지만 인간은 본능과 이성의 조화에 따라 행동하기 때문에 만물의 영장이라 했습니다. 내가 원하고 내가 목표로 하는 행복한 삶을 찾아가기 위해 준비하고 계획하고 빈틈없이 실천하고 또 점검하며 반성하는 것입니다.

끊임없는 변화와 도전만이 나를 행복하게 합니다. 삶의 법칙 또한 내가 살면서, 하면서, 만들어가는 것입니다.

나의 삶을 사랑하는 방법, 워커홀릭

나이가 들수록 인생이라는 것이 손님이라는 생각이 듭니다. 어제는 슬픔, 고통이라는 초대하지 않은 손님이 찾아왔고 오늘은 기쁨, 웃음이라는 초대받은 손님이 찾아오니까요.

한때는 세상의 모든 길이 나를 향해 열려 있다고 생각한 적도 있고, 또 때로는 세상의 모든 아픔이 나를 위해 존재한다고 생각한 적도 있었습니다. 늘 예고 없이 찾아드는 삶의 갈림길을 만날 때마다 가슴이 덜컥 내려앉는 두려움을 느끼면서도 기다릴 수밖에 없는 것이 인생이라는 것도 알게 되었습니다.

내가 스무 살이 되었을 때는 두려움 없이 길 위에서 손님을 맞았고, 서른 살에는 불안한 마음 때문에 현관 앞에 선 채 기다리다가 손님을 맞았으며, 마흔이 훌쩍 지난 지금에는 느긋한 마음으로 집 안에서 손님 맞을 준비를 합니다.

돌이켜 생각해보면 스무 살때나 마흔이 지난 지금이나 불안하기는 마찬가지입니다.

스물에서 마흔 직전까지의 인생은 오로지 가족을 위해, 우리만을 생각하며 살았다고 한다면 마흔 이후부터는 나를 위해 살고 있습니다.

아이들을 가르치는 선생님이었을 때나, 지역주민을 위해 연설문을 쓰는 의원 보좌일을 할 때나 일 중독자Workaholic가 되어 미친 듯이 시간을 보냈습니다.

돌아보면 살면서 나를 찾아온 만남, 이별, 기쁨, 슬픔을 고비 사막을 걸어가는 낙타처럼 온몸으로 껴안았기에, 이제는 그 어떤 고통과 시련이 나를 찾는다 해도 그 또한 나를 찾아온 손님이라고 생각하기에, 늘 그래왔듯이 반갑게 맞이할 것입니다.

이제는 나도 그 어떤 바람에도 흔들리지 않는 든든한 존재감을 주는 바위가 되고 싶습니다.

"사람은 행복하기로 마음먹은 만큼 행복하다"라는 링컨의 말처럼 행복의 기준은 주관적이기 때문에 그 목표도 크기도 가늠할 수 없습니다. 하지만 행복과 연결되는 즐거움을 찾는다면 행복에 한 걸음 더 다가갈 수 있습니다.

내 삶의 주인공은 나이고 얼마나 많이 가졌느냐보다는 내가 가진 것을 어떻게 잘 사용했느냐에 따라 내가 행복의 주인이 될 수 있겠지요. 그래서 내 삶을 대표하는 정직한 여러 개의 선線으로 이루어진 내 이름, 그리고 내 생애 마지막에 찍혀질 '참 행복했다'라는 깨끗한 마침표, 점點을 남기기 위해 오늘도 나무만 사랑하는 나무늘보가 되어 글 쓰는 일에 몰입하고 있습니다.

숨이 다하는 그날까지 땅도 하늘도 나를 향해 열린 것임을 믿으며 쉼 없이 도전하렵니다.

2%에 대한 사색

톨스토이의 인생 후반기를 다룬 영화 '톨스토이의 마지막 인생'에 보면 "욕망이 적으면 적을수록 인생은 행복해진다"라고 했습니다. 곰곰이 생각해보면 우리 인생을 망치는 원인은 지나친 욕심과 두려움입니다.

행동에 대한 책임은 행동을 선택한 나의 몫입니다. 생각을 하고 행동을 하는 사람과, 생각만 하고 행동을 하지 않는 사람, 그 누가 현명하냐고 묻는다면 '생각을 하고 행동하는 사람'이라고 답할 것입니다. 결과가 실패로 끝났더라도 과정이 즐거울 수도 있고 돈으로도 살 수 없는 경험을 얻는 것입니다.

세상에서 가장 슬픈 단어는 '그때 그렇게 했더라면 좋았을 텐데'입니다. 인생, 그때가 기회일 거라는 생각에 그 기회를 잡으려 애쓰지만 지나고 보면 내 것이 아닌 기회를 붙잡고 있었다는 것입니다.

태양이 지구를 도는 것이 아니라 지구가 태양을 돈다는 것을 지식과 깨달음을 통해 알게 된 것처럼 인간의 생각과 감정, 그리고 모든 창조는 뇌에서 시작됩니다. 나에게 온 기회가 내 것인지 남의 것인지 정확히 알아야 합니다. 나의 능력, 나의 성격, 나의 환경, 모두를 종

합해서, 나를 하나의 상품으로 생각하고 나의 가치를 객관적으로 평가할 수 있어야 합니다. 그것이 기회를 잡고 행동을 해서 성공에 도전하는 길입니다. 후회는 할수록 아쉬움만 쌓이지만 시작은 늦었다고 생각할 때 빠를 수 있습니다.
내가 원하는 것을 갖는 것은 생각의 결과가 아니라 행동의 결과입니다. 생각만 하는 것은 아무리 창조적이어도 포장해놓고 주지 않는 선물일 뿐입니다. 생각을 했으면 계획을 향해, 목표를 향해 빠르게 행동해야 합니다. 생각이 고정되었으면 지금 당장 행동에 옮겨야 합니다. 그래서 습관이 되게 해야 합니다.
작은 점들이 모여 선이 되듯이 작은 실천이 반복되어 습관이 되고 습관이 나의 변화를 가져다줍니다. 변화는 내가 선택하는 것이고 당장 행동에 옮기는 것에서 탄생합니다. 어제와 다른 오늘을 살고 싶다면 주저하지 말고 당장 시작하세요.
매일 사소한 2%의 습관이 반복되어 행운을 가져옵니다. 좋은 습관이 모여 좋은 성격을 만듭니다.
오늘이 행복하면 내일이 기다려질 것이고 내일이 행복하면 미래도 행복해지는 것이 인생입니다. 리허설 없는 내 인생의 실패자가 되지 않기 위해서는 단 2%의 오늘의 변화가 내일의 희망이라는 것을 잊지 마세요.

초대받은 아주 특별한 여행

삶은 나를 초대한, 나를 위한 아주 특별한 여행입니다. 여행 중에 만나는 기쁨, 슬픔, 질병, 사고 등은 성숙한 삶을 완성하는 과정입니다. 인간이라면 누구나 한 번쯤 죽을 만큼 힘든 순간이 찾아옵니다. 그 어려움이 경제적인 고통일 수도 있고 육체적인 아픔일 수도 있고 인간관계에 대한 고통일 수도 있습니다. 하지만 고통이 영원하지 않다는 것을 알고 있기에, 삶이 아무리 나에게 고통을 주어 쓰러지게 하여도 고통 너머에는 행복이 있다는 것을 믿기에, 다시 일어나게 됩니다. 삶의 모든 것은 성장을 위한 과정입니다.

봄이 가면 여름이 오고 가을, 겨울이 오듯이 그 어떤 고통이든 영원하지는 않습니다. 고통이 순간순간 우리의 가지를 건드리고 지나갈 뿐, 중심까지 흔들 수는 없습니다.

어떤 고통은 흔적을 남기지 않고 지나가고 또 어떤 고통은 깊은 상처를 남깁니다. 그러나 중요한 건 모든 어려움은 언젠가 사라진다는 것입니다. 세상을 집어삼킬 것 같은 태풍도, 지진도, 해일도 기다리면 멈춥니다. 우리의 인생살이에 아무리 커다란 어려움이 닥쳐도 정신을 바짝 차리고 노력하면 어느새 지나갑니다.

하나의 장애물을 넘으면 자신감이 생겨 나머지는 쉽게 넘을 수 있는 장애물 경기처럼 스물에서 서른 초반까지는 많은 장애물이 나타납니다. 학창시절 공부한 것의 결과물이 나타나며 완성되는 시기니까요. 직업의 선택, 결혼, 인간관계 등등으로 혼란과 흔들림이 많은 시기입니다. 그 시기의 장애물을 자신감을 가지고 넘는다면 서른셋 이후에는 평온과 행복이 찾아옵니다.

어느 통계조사에 의하면 사람이 태어나 완전한 행복감을 느끼는 시기가 서른셋이라 합니다. 제 경우를 보아도 맞는 말인 것 같습니다. 어떠한 어려움이든 영원한 것은 없습니다.

지금 힘든 순간을 견디고 있는 분들, 희망을 잃지 마시고 용기를 가지세요. 행복은 노력하지 않는 사람에게는 찾아가지 않습니다. 포기 않고 최선을 다하는 사람에게 찾아가는 고귀한 선물입니다.

고난을 이겨내는 방법

한평생을 흔들림 없이 사는 사람은 없습니다. 또 실패하지 않거나 힘들어하지 않고 사는 사람도 없습니다.

외롭고 아픈 영혼을 그림으로 치유했던 화가 고흐는 가난의 고통 속에 살 때 동생에게 돈을 빌리면서 돈을 갚지 못하면 자신의 '영혼'을 주겠다고 말했다고 합니다.

살다 보면 어느 순간에는 내 힘으로 어쩔 수 없는 일을 만나게 됩니다. 힘들 때는 내 안에 있는 치유의 마법사를 불러보세요. 자신을 위로하고 격려하면 치유가 됩니다.

그래도 안 될 때는 나보다 더 힘든 누군가를 생각하세요. 병원에 가서 아픈 환자를 보면 아프지 않아서 다행이라고 생각하고, 나보다 더 가난한 달동네 사람들을 보면 그들보다 좀 더 괜찮아서 다행이라고 생각하고, 건설현장에서 하루 열 시간을 일용직으로 일하는 사람을 보면 그들보다 힘들지 않아서 다행이라고 생각합니다.

정 힘들면 자연을 만나보세요. 꽃이 피려면 계절 따라 피고 지는 조화와 생성 그리고 소멸의 순환작용을 합니다. 싱싱한 꽃을 피우기 위해서는 눈부신 태양과 뿌리를 내릴 수 있는 흙, 비가 되어 내리는 물, 그리고 씨를 만들고 날려주는 벌과 나비와 바람이 있어야 합니다.
애벌레가 고치를 뚫고 나와야 나비가 되어 날아가듯이 자연뿐만 아니라 인생 또한 살아남기 위해서는 엄청난 고통과 노력이 필요합니다.
농부가 봄에 씨앗을 뿌리고 가을에 알찬 열매를 수확하려면 일정한 시간을 씨앗에다 투자하고 정성을 들여야만 하듯 온몸이 쪼개지는 고통과 아픔을 견뎌야만 내가 원하는 것을 얻을 수가 있습니다.
살다 보면 아무리 노력해도 가질 수 없는 것도 있고 가져서는 안 되는 것도 있습니다. 가만히 앉아서 생각만 한다면 아무도 나에게 내가 원하는 것을 가져다주지 않습니다. 실천하는 것만이 고난을 이기는 길입니다.

희망에 대한 사색

추운 겨울을 이겨내고 파릇이 돋아나는 목련꽃의 새싹을 보며 희망을 얻습니다. 자연의 위대한 힘을 보며 희망을 가집니다. 희망은 아무리 힘들어도 우리를 살게 합니다.

10대는 좋은 대학에 들어가기 위한 희망, 20대는 취업시험에 붙기를 바라는 희망, 30대는 진급시험에 붙기를 바라는 희망, 결혼에 대한 희망, 병이 완치되기를 바라는 희망, 새집으로 이사 가기 위한 희망, 오래도록 건강하기 위한 희망, 아름다운 사랑을 만나기 위한 희망, 내일 만나는 고객과 계약이 체결되기를 바라는 희망, 부자가 되기 위한 희망, 자식에 대한 희망, 부모에 대한 희망 등등 셀 수도 없습니다.

하지만 그 어떤 희망이든 목표가 있으면 준비와 설계와 실행이 있어야 이루어집니다. 생각만 가지고 노력을 하지 않으면 희망 또한 내 것이 될 수 없습니다.

희망이 높을수록 실패도 많을 것입니다. 절대로 포기하지 않고 남보다 두 배, 열 배 노력한다면 희망은 이루어집니다. 간절히 원하고 그래서 치열하게 노력하고 도전한다면 내가 원하는 그 희망을 이룰 수 있습니다. 일곱 번 쓰러져도 여덟 번 오뚝이처럼 일어나 다시 도전한다면 목표는 이루어집니다. 죽을힘을 다해 노력해서 안 되는 것은 없습니다. 노력 또한 성공의 어머니이니까요.

우리가 살아가는 이유는 여전히 희망이 남아 있기 때문입니다.

Love is, above all, the gift of oneself

사랑에 대한 예의

사랑은 무엇보다도
자신에 대한 선물이다

장 아누이

사랑. 찬란한 오색 빛깔의 어울림
기쁠 때는 에디트 피아프가 부르는 '사랑의 찬가' 처럼 전율하고
슬플 때는 '살로메의 키스' 처럼 치 명 적 인

사랑학개론 1

사랑, 찬란한 오색 빛깔의 어울림.
기쁠 때는 에디트 피아프가 부르는 '사랑의 찬가'처럼 전율하고
슬플 때는 '살로메의 키스'처럼 치명적인,
때로는 넘겨도 넘겨도 다음 scene이 생각나지 않는
너라는 흑백영화,
반쪽 영혼을 채우는 출구 없는 그리움.
지축이 흔들리는 산고의 통증 후에
좁은 잎맥을 타고 피어난 한 송이 무죄의 꽃.

사랑학개론 2

그가 보낸 메일을 읽다가 모니터에 갇혀버렸다.
200자밖에 되지 않는
흘림체로 써내려간 이별의 메일 안에
오래도록 갇혀버렸다.
그가 나에게 얘기하는 것처럼 목소리가 울리고,
그대가 나를 보고 있는 것처럼 보이는 것 같아
모니터를 두 손으로 껴안고 한참을 울었다.
사랑한다는 말보다 더 가슴 아픈 말은
사랑해서 보내준다는 그 말이었다.
나의 뇌파의 소리, 심장의 떨림이 여전한데
붙잡아도 소용이 없다면, 그래서 굳이 가야 한다면,
이제 어디로 방향키를 돌려야 사랑 그 몹쓸 병을 내려놓을지,
사랑해서 보내준다는 배려의 메시지 말고
한꺼번에 잊는 방법,
삭제 버튼 하나로 지우는 방법,
그런 걸 알고 싶다.

함께한 추억이 오랜 풍화작용을 거쳐
이렇게 퇴적암이 되어버렸는데……
지울 수 없을 것 같다.
잊을 수 없을 것 같다.
버릴 수 없을 것 같다.
말한 대로 된다는 주문 '아브라카다브라', '수리수리마수리'를
수없이 외쳐보기도 하고
이렇게 '사랑한다, 사랑하지 않는다', '보낸다, 보내지 않는다',
'잊는다, 잊지 않는다'를 '장미꽃잎 점'으로 확인해봐도
대답은 보내지 말라고 한다.
잊지 말라고 한다. 여전히 사랑한다고 한다.
그게 나의 사랑학개론 결론인데……,
나 어찌할까?

마법의 언어를 사랑하세요

'괜찮아'는 마법의 언어입니다. '괜찮아. 수고했어, 그리고 힘내, 잘 될 거야'는 성공한 사람들이 자신에게 거는 마법의 주문입니다.

'괜찮아'라는 말은 시작한 일의 진행이 매끄럽지 않거나 결과가 불투명할 때 많이 쓰는 말이지만 긍정적인 의미가 강하고 격려와 위로의 뜻이 포함된 사랑의 말입니다.

견딜 수 없는 고통도 지우고 싶은 상처도 언젠가는 시간 앞에 정중히 무릎을 꿇습니다. 지금 힘이 든다면 자신을 다독이며 위로와 사랑의 말을 자주 하세요. 스스로에게 격려와 힘이 필요할 때에는 '할 수 있어. 힘내. 사랑해'라는 말을 자주 하세요. 설령 일이 잘 풀리지 않아 실패를 해서 불행한 일이 생겨도 다음 일을 진행하는 데 큰 도움이 됩니다. 실패도 끌어안아야 미래에는 성공하는 결과를 안게 되니까요.

살면서 끝까지 내 편이 되어줄 사람은 나 자신뿐입니다. 나의 보호자는 나이기 때문입니다. 시간 날 때마다 '잘했어, 수고했어, 괜찮아, 힘내, 사랑해'라는 말을 자신에게 하세요. 분명 그 말이 마법의 언어가 되어 당신을 지켜주며 좋은 날로 이끌 테니까요.

사랑의 기술, 표현

3월14일, 오늘은 화이트 데이입니다. 여인의 사랑고백에 대한 대답으로 남자가 거침없이 사랑고백을 하는 날입니다.
사랑은 선과 악의 세계를 떠나 피안의 세계, 천국으로 가는 것입니다. 사람의 마음을 감동시키는 것은 '관심'입니다. 선물로 치면, 정말 갖고 싶지만 직접 얘기한 적은 없는 그런 선물 말이죠.
사랑하고 있다면 평소 여자의 말에 귀를 기울이는 것이 좋습니다. 여자가 평범한 선물을 원하지 않는다고 해서 무조건 값비싼 선물을 바라는 것은 아닙니다. 영혼을 울리는 선물은 값비싼 선물이 아니라, 상대가 진심으로 원하는 그 무엇입니다.
영화배우 엘리자베스 테일러가 "나는 평생 화려한 보석들에 둘러싸여 살아왔어요. 하지만 내가 정말 필요로 했던 건 그런 게 아니었어요. 누군가의 진실한 마음과 사랑, 그것뿐이었어요"라고 말한 것처럼. 어떤 이에게는 목걸이, 반지, 옷, 가방, 향수가 좋은 선물일 수도 있지만 사랑하는 사람이 아프다면 "힘내!"라는 따뜻한 위로의 말일 수도 있고 그것이 명품 가방일 수도 있지만 한 통의 손편지일 수도 있습니다.

그녀에게 꼭 필요한 선물이 가치 있는 화이트 데이의 선물 아닐까요? 마음에서 우러나오는 진심이 담긴 선물이 가장 받고 싶고 또한 주고 싶은 아름다운 선물입니다. 이제 막 물기를 머금은 그래서 쑥쑥 자라는 새싹처럼, 주고서도 받고서도 생각할수록 기분 좋아지는 행복한 선물이 사랑입니다.

사랑은 주고 또 주어도 마르지 않는 화수분입니다. 소중한 사람들을 최고로 만드는 방법은 조세핀을 사랑한 나폴레옹처럼 아낌없이 '사랑'하고 아낌없이 '배려'하고 아낌없이 '희생'하는 것입니다.

나는 평생 화려한 보석들에 둘러싸여 살아왔어요
하지만 내가 정말 필요로 했던 건 그런 게 아니었어요

누군가의 진실한 마음과 사랑, 그것뿐이었어요

사랑, 억지로가 아니라 스스로 채우다

얼마 전 정동진에서 괭이갈매기 떼를 보았습니다. 새는 어린 새들이 뒤따라오나 확인하기 위해 연신 '꽈아오' 하는 울음소리를 내며 날아갔습니다.

사람이나 동물이나 인생에 있어 가장 아름다운 말은 '사랑'입니다. 사랑은 삶의 모든 질문에 대한 해답입니다. 우리는 사랑하고 사랑받기 위해 태어난 존재라고 성경에도 나와 있습니다.

사랑은 이 사람을 사랑하겠노라고 작정해서 시작되는 것도 아니고 이 사람을 사랑하지 않겠노라고 맹세를 해도 소용이 없습니다. 사랑은 그저 조용히 찾아와 소리 없이 내 안에 머뭅니다. 사랑은 돈으로도 살 수 없는, 오감을 강렬하게 파고드는 느낌이기 때문입니다.

오래전에 본 영화 '돌스기타노 다케시 감독의 일본 영화'의 사랑에 목숨을 건 여자와 그 여자를 버릴 수 없는 남자의 처참하고도 전쟁 같은 사랑 이야기나 '이터널 선샤인미셸 공드리 감독의 미국 영화'에 나오는, 사랑이 너무 아파서 기억을 삭제한 사랑 이야기처럼 죽을 만큼 힘들고 아픈 사랑을 하는 것도 내 마음인데 내 마음조차 어쩌지 못하고 끌려다니는 것이 사랑입니다.

사랑이라는 것은 가슴에 품을수록 상처는 깊고 향기는 짙습니다. 대부분의 사랑 영화에서처럼 영혼을 뒤흔드는 운명 같은 소울 메이트, '그 사람, The One'을 찾아 유랑하는 것이 사랑입니다. 평생에 운명 같은 사랑은 단 한 번 찾아오는데 그 사람을 찾아 탐험하는 것이 사랑입니다. 영화 속 주인공들처럼 아마도 지금 어느 곳에는 전쟁 같은 사랑 때문에 죽을 만큼 아픈 연인이 있을 겁니다.

사랑한 기억을 삭제버튼 하나로 지울 수가 있다면 사랑의 아픔은 존재하지 않을 것입니다. 사랑은 세포 하나하나가 사랑한 기억을 저장하기 때문에 사랑이 떠나도 또 다른 사랑이 찾아오면 사랑에 무릎을 꿇고 다시 사랑에 빠지게 됩니다.

사랑에 빠진 사람들은 사랑만으로 살 수 있다고 믿지만 현실은 그렇지 않아 힘든 것 또한 남녀 간의 사랑입니다. 사랑은 느낌이고 표현하는 것이지만 처음부터 끝까지 내 마음대로 되지 않는 것도 사랑입니다.

소유하려면 할수록 사랑은 집착으로 변하고 멀어집니다. 진정한 사랑은 그 모습 그대로를 사랑하듯이 소유하지 말고 그 자리에서 그대로 머물게 지켜주어야 합니다.

사랑 속에서 사랑하는 사람을 만나고 사랑 속에서 만남과 이별을 안는 것이 사랑의 속성입니다. 사랑을 통해 살아가는 의미를 알게 되고 사랑을 통해 안정적이고 조화로운 삶을 알아갑니다.

사랑은 눈에 보이지 않지만 느낌으로, 마음으로 채우는 그 무엇입니다. 사랑은 모든 것을 이기는 힘이 있고 그 어떤 절대 권력이라도 사랑 앞에서는 무릎을 꿇습니다.

사랑이 많은 사람은 사랑이 적은 사람보다 죄를 짓는 것도 가볍습니다.

세상이 나를 지치게 하고 믿었던 사람이 내 곁을 떠나가도, 신마저 나를 버렸다는 좌절감에 빠지더라도, 나를 미워하거나 포기해서는 안 됩니다. 더 많이 나를 사랑해야 합니다. 나를 일으켜 세우는 힘도 나 자신에게서 나오니까요.

나를 많이 사랑할수록 남을 사랑하게 됩니다. 사랑은 받는 것이 아니라 베푸는 것입니다. 사랑 때문에 아침에 웃고 저녁 때 울지만 사랑은 억지로 채우는 것이 아니라 스스로 채우는 것입니다.

자연이 주는 선물

우리나라 사람들은 4라는 숫자를 싫어합니다. 서양에서는 13이라는 숫자를 싫어합니다. 하지만 이것은 사람이 만들어낸 걱정일 뿐 싫어해야 할 근거는 없습니다. 단지 사회적인 관습에서 시작된 단순한 믿음일 뿐입니다. 99% 일어나지 않을 일을 걱정하는 수많은 고민 중의 하나일 뿐입니다.

행동을 제약하는 근거 없는 불안에서 벗어나는 것이 편안한 삶을 살 수 있는 최선의 방법입니다. 대중가요에도 있듯이 오죽 힘들면 삶을 고해라고 했을까요?

일과 사랑 때문에 혼란스럽고 외롭고 무엇을 어떻게 해야 할지 모를 때 가슴이 가리키는 곳으로 떠나세요. 길이란, 원주민에게는 일하러 논으로 가고 밭으로 가는 생활의 부분이지만 누군가에게는 휴식과 재충전을 위한 수단입니다.

그곳이 자연이든, 사람이든, 물건이든 그 가슴이 시키는 곳에서 답을 찾을 수가 있습니다. 마음의 고향 그곳은 내가 태어난 곳이기 때문입니다. 삶의 여정에서 부딪치는 숱한 일상들도 자연에서 왔으니까요.

우울해지거나 걱정이 쌓일 때는 자연으로 돌아가 답을 구하세요. 아마도 돌아오는 길에는 그토록 찾아 헤매던 삶의 방향도 찾을 수 있을 테니까요. 시간 앞에 버려진 자신에 대한 단단한 믿음도 회복될 테니까요.
때로는 한발 물러서서 바라보면 더 많은 것이 보입니다. 죽을 만큼 힘이 들 때는 고단하고 또 고단하여 낙타처럼 등이 휘어버린 산, 지치고 또 지쳐 피멍이 든 검푸른 바다를 찾아 '어찌 견뎠냐고' 물으며 답을 구하세요.
자연, 자연이 정답입니다.

아낌없이 주는 사과나무, 어머니

학창시절 비 오는 날이면 학교 교문 앞에서 한 손에 우산을 든 채 쏟아지는 비를 사랑으로 맞으며 나를 기다리시던 어머니가 생각납니다. 학교 끝나고 집에 도착하는 나를 위해 모락모락 김이 나는 옥수수 빵을 만들어주셨습니다. 내가 아플 때는 한걸음에 병원에 달려가지만 당신 아프실 때는 늘 괜찮으시다는 어머니, 화장실 갈 때에도 잠든 가족들 깰까봐 내내 조심하시는 분이 어머니입니다. 늘 자식 걱정에 어머니 눈에는 눈물 마를 날이 없고 손에는 물 마를 날이 없습니다.

어머니를 생각할 때마다 셸 실버스타인의 "아낌없이 주는 나무"가 생각납니다.

아마도 어머니는 사과나무이고 자식은 소년일 것입니다. 아낌없이 소년을 위해 사과도 주고 쉴 수 있게 나무 그늘도 만들어주고 심지어 신체의 일부인 기둥까지 내어주고도 나무는 아프다는 소리를 하지 않고 행복해합니다.

소년은 필요할 때마다 나무를 찾아와 다 가져가지만 나무는 행복해했습니다. 세월이 흐른 후에 노인이 되어 찾아온 소년에게 자신의 밑동을 내어주며 앉으라고 하는 사과나무의 마음이 내 어머니의 마음입니다.

비록 머리에는 하얗게 눈이 내리고, 얼굴에는 거미줄처럼 깊은 주름이 지고, 손은 거칠고 딱딱하게 굳어 주름졌더라도, 세상에서 가장 아름다운 손은 나를 위해 밤낮으로 기꺼이 한몸 희생을 하신 어머니의 손입니다.

걸을 수 없는 나를 걷게 해주시고 넘어진 나를 다시 일으켜 세워 현재의 나를 있게 해주신 분은 어머니입니다. 내어주고 또 내어주고도 내어줄 것이 없어 미안하시다는 어머니, 당신의 희생적인 사랑의 힘 덕분입니다. 대가 없이 베푸는 거룩한 손, 어머니의 손이 가장 아름다운 손입니다.

사랑하는 법과 사랑받는 법을 가르쳐주신 어머니, 어머니의 사랑의 손길은 아무리 퍼내고 또 퍼내도 고갈되지 않는 샘물입니다.

오늘은 어버이날입니다. 어머니, 아버지께 따뜻한 안부전화 드리세요. 하루가 편안해집니다.

아버지, 아카시아 꽃이 피었어요

하얗게 핀 아카시아 꽃을 볼 때면 돌아가신 아버지가 그립습니다. 아버지는 향기도 짙고 꽃도 예쁜 아카시아 꽃을 유난히 좋아하셨답니다. 4월이나 5월이면 교정에서나 공원에서 라일락과 아카시아 꽃을 봅니다.

박목월 시인의 '사월의 노래'에 '목련꽃 그늘 아래서 베르테르의 편지를 읽노라'라는 문구가 있습니다.

봄에 피는 꽃은 '희망의 꽃'으로 희망을 가진 사람, 큰 뜻을 품은 사람은 봄꽃을 좋아합니다. 어쩌면 살기 힘든 그래서 죽어라고 자식을 위해 일만 하셨던 우리 아버지 세대는 특히 그랬던 것 같습니다. 내 아버지도 그랬으니까요.

기분 좋으면 헛기침으로 기쁘다는 마음을 대신하셨고 안 좋은 일이 있을 때에는 '허허' 하며 어색한 너털웃음으로 대신했으니까요.

살아생전에 단 한 번도 아버지의 눈물을 본 적이 없습니다. 어릴 적에는 세상의 모든 아버지는 울지 않는 사람인 줄 알았지요. 하지만 나이가 들면서 알았습니다. 아무리 힘들어도, 아무리 울고 싶어도 울음을 억지로 삼키셨다는 것을…….

가끔 지친 세상살이에 나도 몰래 눈물이 날 때에는 눈물을 보이지 않으려고 애를 쓰지만 쉽지가 않습니다. 울고 싶을 때는 술을 드시기도 했을 것이고 그것으로도 울음을 참을 수 없을 때는 나처럼 혼자서 울 장소를 찾아다녔을지도 모릅니다.

죽고 싶을 만큼 힘들어도 가족에게는 애써 웃음으로 대신하는 아버지, 오늘따라 아버지가 그립습니다.

내가 초등학교 1학년 때에는 아버지가 세상에서 가장 힘이 세고 최고 부자인 줄 알았습니다. 어른이 되어 직장을 잡고 아이들에게 지식을 가르치며 맛있는 것을 사주는 선생님이 되었을 때 아버지가 부자가 아니라는 것, 힘이 세지 않다는 것을 알게 되었습니다.

아버지는 부자가 아니었지만, 아버지는 힘이 센 장사가 아니었지만, 자식에게만은 부자였고 최고의 장사였습니다. 어릴 때에 아버지의 수입이 적은 것 때문에 가족이 불만을 나타내면 아마도 아버지는 서운해서 속으로 우셨을 것입니다.

내가 교사 재직 시절 고3 담임을 맡았을 때, 야간 자율학습이 끝나고 집에 돌아가면 밤 열두 시가 되는데, 어머니는 걱정스런 마음에 수시로 전화를 하셨고, 아버지는 문을 열어둔 채 거실에 앉아 제가 들어오기만을 하염없이 기다리셨습니다. 그렇게 기다리셔놓고는 퇴근하는 나에게 '수고했다, 들어가 쉬어라'라며 무뚝뚝한 말씀 몇 마디 남기시고 방 안으로 들어가셨습니다. 자식 얼굴 한 번 보기 위해 몇 시간을 기다리셨으면서도…….

아버지의 최고의 자랑은 자식이었습니다. 큰오빠가 공무원시험에 합격했을 때에도, 작은오빠가 승진했을 때에도, 제가 학교 선생님으로 첫 출근을 할 때에도 아이처럼 환하게 웃으시며 지인들의 축하전화를 받던 아버지의 모습, 잊을 수가 없습니다.

그날 이후 올해까지 아버지 좋아하시는 아카시아 꽃이 열두 번 피고 졌지만 그저 흔적만 남아 있고 체취만 아련할 뿐 어디에서도 아버지의 모습은 찾을 수가 없습니다.

문득문득 큰오빠, 작은오빠의 모습과 행동에서 아버지를 느낍니다. 하지만 그 무엇으로도 아버지를 대신할 수는 없다는 것을 알았습니다.

열두 번째로 하얗게 피어난, 코끝으로 아프게 다가오는 아카시아 꽃 향기를 느끼며 아버지를 그리워합니다. 아픈 사랑일수록 향기는 짙고 상처 또한 오래가나 봅니다. 12년이 지난 지금도 심장이 방금 바늘에 찔린 듯이 아파옵니다.

세상 물정 모르던 철부지 딸이 이제야 어른이 되었습니다.

아버지, 기억하시나요?

'세상에서 가장 예쁜 옷을 사주마' 하시며 제게 분에 넘치는 사랑을 주셨는데 단 한 번도 제 손으로 지은 따듯한 밥 한 끼 대접해드리지 못한 이기적인 딸을 용서해주세요.

죄를 지은 것처럼 가슴이 아파옵니다.

당신은 제게 "아낌없이 주는 나무"에 나오는 사과나무였습니다. 돈이 필요할 때에는 아낌없이 당신 몸의 일부에서 나온 사과와 가지를 잘라주셨고, 그늘이 필요할 때에는 푸르른 이파리를 흔들며 편안한 쉼터를 내어주셨습니다.

당신의 전부를 받고도 더 받기를 원하는 못난 자식이 저였습니다. 당신의 전부를 내어주고는 더 줄 것이 없다며 미안해하시는 분이 아버지셨습니다. 당신의 깊은 뜻을 알고 후회할 때에는 이미 아버지는 제 곁을 떠난 뒤였습니다.

아버지! 이제는 욕심 부리지 않고 당신처럼 가진 것을 나누고 베풀며 반듯하게 살겠습니다. 아버지, 제 걱정은 하지 마세요. 비록 먼 길을 돌고 돌아 제 자리를 찾았지만 제가 가야 할 길을 정확히 찾았고 목적지를 향해 천천히 가고 있습니다. 오래지 않아 종착역에 곧 닿을 것 같습니다.

모두 당신의 따뜻한 가르침 덕분이라는 것, 그래서 더욱 그립습니다. 아버지, 돌아오는 어버이날에는 하얗게 핀 아카시아 꽃 가득 안고 당신에게 가겠습니다. 가장 먼저 당신의 축하를 받고 싶습니다. 당신의 딸로 태어난 것, 당신의 딸로 살아온 날들이 행복했습니다.

아버지, 죄송합니다. 아버지, 감사합니다.

아버지, 사랑합니다. 아버지, 존경합니다.

잘 살게요, 아버지.

하얗게 핀 아카시아 꽃을 볼 때면 돌아가신 아버지가 그립습니다
아버지는 향기도 짙고 꽃도 예쁜 아카시아 꽃을 유난히 좋아하셨답니다

만족을 이끌어내는 사랑

사랑은 있는 그대로 받아들이며 사랑할 때는 부담스럽지 않고 편안해집니다. 처음에 낯섦에서 시작된 사랑이 아름다움을 찾아내며 완성된 사랑을 배우기까지 인내와 노력 그리고 친절한 배려가 있으면 됩니다.

마치 처음 들은 음악이 반복효과를 통해 익숙해지고 좋아지기까지 일정한 시간이 필요한 것처럼, 사랑도 완성되기까지 일정한 시간이 필요합니다.

처음부터 사랑하는 법을 알고 시작하는 사람은 없습니다. 천천히 배우면서 서로에게 물들어가고 동화되는 것이 사랑입니다. 세상 모든 사람이 맞는 비처럼 한 사람을 선택한 순간 희로애락의 비가 되어 몸과 마음을 흠뻑 적셔주는 것이 사랑이고, 사랑하지 않고는 못 견디는, 아낌없이 주게 되는 것이 사랑입니다.

사랑은 나의 부족한 그 무엇을 상대방에게서 찾거나 빼앗는 것이 아니라 나의 부족한 그 무엇까지도 받아들이며 기쁘게 사랑하는 것입니다. 나와 반대의 것을 추구하는 사람이라도, 나와 반대의 성격을 가진 사람이라도 있는 그대로를 받아들이며 기뻐하며 사랑하는 것이 진정한 사랑입니다. 진정한 사랑은 소유가 아니라 있는 그 사람의 아름다움을 찾아내어 그대로 놓아두며 오래도록 머물 수 있게 지켜주는 것입니다.
욕심이 허용된 사랑이 있다면 하염없이 지치도록 퍼주는 사랑입니다. 사랑은 대가 없이 마구 내어줄 때 감출 수 없는 가장 순결한 쾌감을 느낍니다. 쾌감을 느낀다는 것, 깊은 만족을 맛보았다는 말입니다.
사랑 또한 내가 받는 것보다 더 많이 줄 수 있어야 만족스런 사랑이 됩니다. 사랑 또한 만족이니까요.

있는 그대로 놓아두며 사랑하기

불만에 가득한 표정을 갖고 거울을 보면 나 자신이 못나 보이고 싫어집니다. 그러나 행복할 때 거울 속으로 자신을 들여다보면 웃고 있습니다.

아름다움은 외면보다는 내면에서 나타납니다. 아무리 아름다운 미인이라도 나이가 들면 추해집니다. 죽기 전까지 성형을 되풀이하지 않은 한 육체는 늙고 추해지기 마련입니다. 하지만 마음만은 늘 청춘일 수가 있습니다. 바른 생각, 사랑하는 마음으로 살아간다면 내면의 얼굴은 늙지 않고 순수한 네 살 아이의 얼굴이 됩니다.

거울 속에 비친 외면의 장점뿐만 아니라 거울 속에 투영된 내면의 약점까지도 사랑하십시오. 그것이 스스로를 행복하게 해주는 방법입니다. 늘 자신을 다스리며 단점도 사랑하고 장점도 살리는 나를 완성하는 것이 행복의 지름길입니다.

감사에 대한 사색 1

판도라의 호기심은 열지 말라던 상자를 열었기에, 에덴 동산의 아담과 이브의 지나친 욕심은 사과를 따먹었기에 죄를 짓게 되었습니다. 내 것이 아닌 것을 탐하지 않고 스스로에게 철저한 약속을 지켜가며 사는 사람이 얼마나 될까요? 그럼 사과할 일도, 용서받을 일도, 싸울 일도 없을 텐데요. 결국 지나친 욕심이 화를 만드는 것입니다.

물이 반쯤 들어 있는 잔을 보고 누구는 물이 반이나 남았다고 하고, 누구는 물이 반밖에 남지 않았다고 말합니다. 똑같은 선물을 받고도 감사하는 사람이 있는 반면, 나에게는 쓸모없는 것이라며 불평하는 사람도 있습니다. 다양한 생각, 다양한 외모만큼이나 같은 선물을 받고도 표현하는 감정이 다릅니다.

주는 사람 관점에서 보면 꼭 무엇을 기대하고 베푸는 건 아니지만 상대방이 '갖고 싶던 선물'이라고 말해주면 기쁨이 배가됩니다. 그런데 상대가 마음에 들지 않은 표정을 짓거나 반응이 없으면 주는 사람의 마음도 불편합니다.

작은 것에도 감사할 줄 아는 마음이 세상을 아름답게 합니다. 감사하는 마음을 가진 사람이 직장생활도 원만하고 인간관계에서도 성공할 가능성이 높습니다. 감사하는 마음이 사람의 삶을 긍정적으로 만들기 때문입니다.

"감사합니다."

이 한 마디로 아침을 열면 기분이 좋아집니다.

가족에게 동료에게 '고맙습니다, 감사합니다'로 하루를 시작하세요.

세상이 밝아집니다.

세상에서 가장 아름다운 말, 사랑해요

세상에서 가장 아름답고 소중한 말은 무엇일까요? 정답은 '사랑해요'입니다.

태어나서 처음 배우는 말이 '엄마, 사랑해요. 아빠, 사랑해요'입니다. 살면서 가장 듣고 싶어 하는 말도 '사랑해요, 수고했어요, 고마워요, 잘했어요'입니다.

어릴 때는 부모에게 가족에게 학교에서 칭찬을 받고 자라기를 원하고 사회에 나가서는 가족뿐만 아니라 동료에게 친구에게 직장 상사에게 인정받고 싶어 합니다. 인정받았다는 느낌이 들었을 때 만족감 내지는 행복을 느낍니다.

아무리 성공한 사람도 나 혼자 힘으로 성공한 사람은 없습니다. 가까이는 엄마, 아빠, 형제들, 친구, 선생님 등 보이지 않는 도움의 힘이 있었습니다.

부모가 되어서 가장 듣고 싶고 자부심을 느끼는 말이 '엄마가 해줬어요, 아빠가 해줬어요, 엄마를 존경해요, 아빠를 존경해요'입니다. 존경한다는 말 속에는 사랑한다는 말까지 포함되어 있으니까요.

퇴근하고 집에 들어올 때 가족들이 현관에 나와 '아빠, 엄마, 수고

하셨어요. 힘드셨죠?'라고 반겨주는 그 한 마디가 치열한 세상을 살아가는 데 비타민이 되고 필수 영양소가 됩니다.
번호 키를 누르며 누가 나가는지 누가 들어오는지를 알지 못하는 바쁜 세상에 살고 있기에, 그래서 우리 가족은 괜찮겠지 하는 '괜차니즘'이 가족에게 마음의 벽을 쌓게 하는 것입니다.
출근하는 가족을 위해 '다녀오세요, 사랑해요'라며 포근히 안아주는 3분의 배려가 가족에게 용기와 힘을 줍니다. 가족이 편안해야 사회생활도 편안합니다.
기쁨도 슬픔을 안고 있습니다. 행복도 불행을 안고 있습니다. 세상에 영원한 것은 없습니다. 항상 배려하고 위로하는 삶이 쌓여 습관이 되고 문화가 됩니다.
살다 보면 어느 날 문득 힘든 순간이 찾아오고 부모의 가르침이 떠오릅니다.
하얗게 핀 아카시아 꽃길을 아빠와 함께 자전거 타며 달렸던 일, 아빠가 두드리던 망치, 엄마표 떡볶이, 엄마표 피자, 살아가는 방법을 행동으로 가르쳐준 가족.
잠시 잊고 있었지만 그 가르침으로 지금껏 살아왔는지 모릅니다. 잘 살아가는 방법을 누가 가르쳐줬는지를 잠시 잊고 있었을 뿐입니다.
든든한 가족은 늘 그 자리에서 자신의 일을 하며 가족의 행복을 키우고 있습니다. 아빠는 아빠의 자리를, 엄마는 엄마의 자리를, 자식은 자식의 자리를 지킬 때 가족의 힘은 하나가 됩니다. 작은 것이 모여 행복이 되듯이 가족의 행복은 자신의 위치에서 충실할 때 최고가 됩니다.
오늘도 가족을 위해 “사랑해요, 수고했어요”라고 하면 어떨까요?

나에 대한 신뢰

삶의 최고의 가치는 나를 믿고 사랑하며 좋아하는 것입니다. 나를 좋아하지 않고 남을 좋아할 수는 없습니다.

세상은 나로부터 시작한다는 마음이 중요합니다. 내 삶에 있어 최고의 가치는 나라는 사실을 잊지 말아야 합니다.

내가 가진 생각과 방식은 나를 세상에 태어나게 한 부모의 뿌리이기도 합니다. 태어날 때는 순수했지만 반복되는 삶에 의해 오염이 되고 그것에 익숙해지다 습관이 된 것입니다.

가끔씩 가장 순수했던 네 살 무렵의 생각과 행동으로 돌아가는 것도 좋습니다. 다시 시작하는 기분이 들 테니까요.

자신을 믿지 못하고 누군가에게 피해를 받았다고 생각해서 자포자기한 삶을 산다는 것은 죽은 삶이나 다름없습니다. 살아야 한다면 그리고 살기 위해서는 반드시 나다운 삶, 내가 바라는 삶을 살도록 노력해야 합니다. 나의 행복한 삶의 주인은 나이기 때문입니다.

누구도 나에게 행복한 삶을 만들어주지 않습니다. 내가 선택하고 내가 노력하고 내가 주인이 되어 이끌어 가야 하는 삶이 나의 인생입니다.

나를 믿으며, 나를 사랑하며, 행복한 삶을 살 수 있다는 확신을 가지며, 계획과 실천을 통해 나날이 좋아지는 삶을 산다면 반드시 내가 바라는 행복한 삶은 이루어집니다. 그래서 최고로 사랑받아야 할, 최고로 존경받아야 할, 최고로 행복해야 할 내 삶이 내 인생입니다.

가족

시간이 흘러도 뒤틀림이 없고 곧고 단단한 금강송을 보면 가족이 떠오릅니다.
가족은 나의 뿌리, 나의 근원입니다. 자동차의 엔진과도 같은 나의 뿌리를 세상 깊숙이 던져놓아도 흔들리지 않는 것은 사랑 때문입니다. 가족의 희생적인 사랑이 있기 때문입니다.
얼마 전 일곱 살 때 찍은 가족사진을 보면서 많은 생각에 잠겼습니다. 태산 같으신 아버지, 아버지의 든든한 그림자가 되어 살림에만 신경 쓰셨던 어머니, 공부 잘하던 오빠, 어떤 행동을 해도 귀여웠던 동생……. 가족은 나에게 든든하고 힘이 되는 축복의 선물입니다.
가족이라는 영어 단어 family는 아버지father의 fa와 어머니mother의 m, 나I의 i, 그리고 당신you의 y가 합쳐서 태어난 말이라고 합니다. 결국 가족은 '아버지, 어머니, 나는 당신을 사랑합니다Father and mother I love you'라는 뜻입니다.
나의 자리에서 나의 역할을 다할 때 금강송처럼 어떤 비바람에도 흔들리지 않는 단단한 가족이 됩니다. 아무리 힘들고 울고 싶어도 든든한 가족이 버팀목이 되어 나를 지지해주기 때문에 살아가는 것입니다. 내가 잘못을 하여도 웃으며 끌어 안아주고 내가 실패를 하여 가족 모두가 힘들게 되어도 말없이 토닥여주는 것이 가족입니다. 하나를 주고 열 개를 가져와도 뭐라 하지 않고 더 내어줄 것이 없어 미안해하시는 분들이 가족입니다.

가족은 내가 살아가는 이유이고 유일한 힘이라는 것을 어렸을 적 오빠 동생 손을 꼭 잡고 찍은 사진을 보며 느낍니다.

든든하고 힘이 되는 가족이 있어 참 행복합니다.

지금 당장 가족 중의 한 사람에게 전화해서 사랑한다고 말해보면 어떨까요? 아마도 목소리를 듣는 순간 힘이 솟을 테니까요.

5월, 나누고 베풀며 사랑하는 시간

5월을 사랑의 달이라고 합니다.

사랑하기에 좋을 만큼 하늘이 높고, 짙은 색깔로 옷을 갈아입은 선홍빛 장미가 사랑을 기다리는 이들에게 온몸으로 말하는 듯 유난히 아름답습니다.

성공한 사람들을 살펴보면 곁에 훌륭한 내조자가 있습니다. 그 내조자가 어머니든 아내든, 남편이든 연인이든, 사랑하는 사람의 힘이 성공을 이끈다는 말입니다.

몰입해서 일을 하는 만큼 사랑하는 사람과의 시간도 중요합니다. 사랑하는 가족, 친구, 동료, 연인과의 소통은 모든 것을 견뎌낼 힘을 줍니다. 불가능한 것도 가능하게 만드는 유일한 힘을 줍니다.

사랑하는 시간을 만들어보세요. 가족이든 이웃이든 친구든 직장 동료든, 누군가를 사랑하며 힘이 되어준다는 것, 삶의 가장 큰 기쁨입니다. 지독하게 사랑하세요. 헛헛한 아쉬움도 미련도 서성이지 않게 깊숙이 사랑하세요.

강변도 좋고, 고향으로의 여행도 좋고, 책방도 좋고, 산과 바다도 좋습니다. 5월이 가기 전에 사랑하는 시간을 만들어보세요.

사랑은 선물

살다 보면 나를 기쁘게 하는 존재도, 나를 아프게 하는 존재도 사람임을 깨닫습니다. 결국 사람 때문에 웃고 웁니다.
해를 따라다니며 자신의 존재가치를 느끼는 해바라기처럼 사랑도 마찬가지입니다. 내가 사랑하는 그 한 사람 때문에 목젖이 보일 정도로 기뻐서 웃고, 수도꼭지 틀어놓은 듯 아파서 웁니다. 나를 행복하게 하는 것도, 가장 슬프게 하는 것도 결국은 사람입니다.
나를 행복하게 하는 것도 불행하게 하는 것도 그 원인은 사랑입니다. 사랑이 넘쳐서 행복하고 사랑이 부족해서 아픕니다.
사랑은 받을 때보다 줄 때가 편안합니다. 받기만 하는 사랑은 사랑을 받는 느낌은 분명한데 늘 빚진 기분이 들어 편안하지가 않습니다.
가끔 바쁘다는 핑계로, 피곤하다는 핑계로, 아니면 너무 가깝다는 핑계로, 존재하는 사랑의 가치를 잊어버립니다. 부모에 대한 사랑, 어릴 적 친구에 대한 사랑, 오래 만난 연인에 대한 사랑을 우선순위에 두지 않는 때가 있습니다. 그런데 잊는 일이 반복되면 아쉬움이 쌓이고 섭섭함이 쌓이고 나중에는 상처를 남깁니다.
돌이켜보면 아픈 상처받는 사람도 가까이에 있는 사랑하는 사람입니다. 가까운 사람일수록 배려와 위로 그리고 나눔이 많아야 합니다. 사랑하고 또 사랑해도 완전히 다 사랑하지 못하고 떠나는 것이 인생입니다. 떠난 후에 아쉬워하지 말고 가까이 있을 때 아낌없이 사랑하세요. 사랑은 주면 줄수록 샘솟는 옹달샘 같으니까요.

아낌없이 사랑하지 못해 후회하는 아픈 시간을 만들지 마세요. 아낌없이 퍼주는 나눔의 아름다운 사랑 스토리로 오늘을 채워보세요. 아마도 내일은 또 하나의 선물을 받는 사랑의 날이 될 테니까요.

사랑은

주면 줄수록 샘솟는

옹 달 샘 같으니까요

Part 3

Respect yourself and others will respect you

나에 대한 예의

스스로를 존경하면
다른 사람도 당신을 존경할 것이다

공자

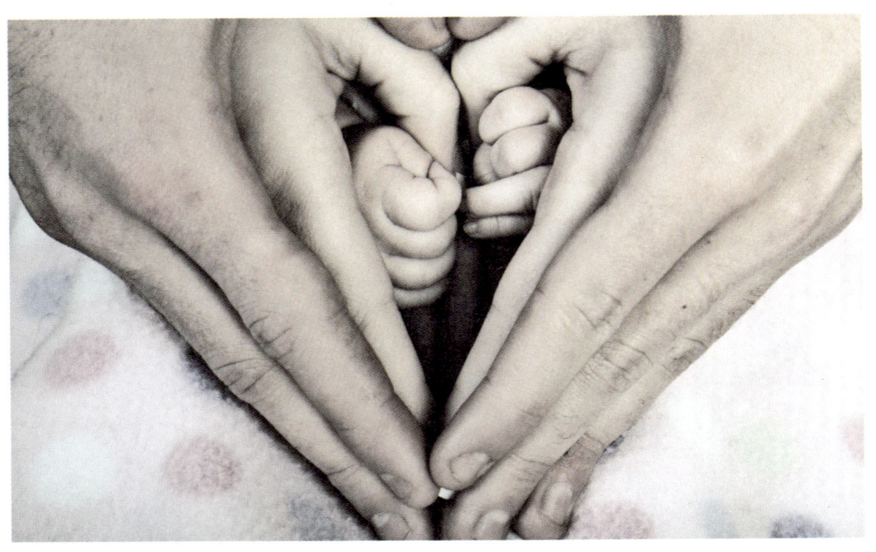

남이 만족하지 않더라도 내가 만족하면 그것이 나의 행복입니다
내가 나를 바라보았을 때 안정감을 주고 편안하고 멋지게 보인다면
지 금　나 는　행 복 한　사 람 입 니 다

내가 사는 이유

살아가는 이유를 물으면 사람들은 대부분 가족과 행복하게 사는 것을 첫 번째로 꼽습니다. 삶의 목표 역시 사랑하는 가족과의 행복한 삶입니다.

세상 그 어떤 좋은 향기가 가족의 향기를 대신할 수 있을까요?

삶의 첫 번째 의미는 가족의 행복입니다. 다 내어주고도 아깝지 않은 가족을 생각하는 마음, 가족을 사랑하는 마음.

가족을 위해 희생하는 것이 억울하던가요? 냉정히 뿌리칠 수 있던가요? 아마도 더 내어주지 못해 미안한 마음이 가족의 마음입니다.

부모는 자식이 세상에 나가 뿌리 내릴 수 있게 지켜주고 자식은 아무리 힘들어도 부모의 든든한 사랑으로 이겨냅니다.

가족을 책임지는 마음이 강한 사람일수록 사회적, 도덕적 책임지수도 높아 성공할 확률이 높습니다. 사회집단의 기초가 가족이기 때문입니다. 가족이 행복한 사람일수록 사회적 만족도가 높습니다. 가족생활이 사회생활의 기초가 됩니다. 가족을 많이 사랑하고 배려하는 마음, 그것이 내가 행복해질 수 있는 힘이 됩니다.

가족보다 다른 것을 소중히 여기는 사람은 결코 성공할 수 없습니다. 가족을 외면한 성공은 일시적이고 착각일 뿐입니다. 가족은 살아가는 방법을 깨닫는 기초입니다.

어느 누구도 완벽한 가정을 꾸리는 사람은 없습니다. 완벽하려고 노력하는 가정은 많습니다. 화내고 다투고 울고 웃으면서 소통의 문화를 찾아가는 것이 가족입니다.

가족이 건강하고 편안하고 행복해야 내가 바라보는 세상이 행복합니다. 내가 사는 가장 큰 이유는 가족의 행복입니다. 비록 가진 것은 많지 않아도 사랑이 있고, 꿈이 있고, 내일의 희망이 있으면 그곳이 행복한 가정이고 천국입니다.

행복한 가정을 만드는 것은 나의 책임이고 의무입니다. 책임과 의무를 다할 때 가정이 행복하다는 것을 잊지 마세요.

작은 것부터 실천해보세요. 한 통의 전화, 한 줄의 메시지가 기쁨을 안겨주고 기쁨이 모여 행복이 됩니다. 가족을 위한 깊은 배려에서 우러나오는 헌신적인 사랑이 최고의 사랑 아닐까요!

쉼, 잃어버린 시간을 찾아서

어린 시절 친구에게 혹은 어른에게 상처받는 말을 들어 자존심이 상했을 때, 엄마에게 달려가 위로를 받고 용기를 얻었습니다. 어른이 되어서는 친구나 동료에게 위로를 받지만 결국 나를 위로하는 가장 든든한 존재는 나 자신입니다. 가족이나 주변에게서 보상받지 못한 것을 대신해주는 사람이 나 자신입니다.

스스로를 보상하는 것이야말로 나의 인생을 행복하게 만들고 아름답게 완성시킵니다.

하루에 한 번쯤, 나를 칭찬하고 격려하고 위로해보세요. 나를 위한 보상을 해보세요. 시간을 내어 내가 갖고 싶은 물건을 사거나, 내가 가고 싶은 곳을 가세요. 나를 위한 작은 보상이 나를 행복하게 합니다.

피톤치드가 코끝에 와 닿는 편백나무 숲길도 좋고 산에서 천천히 흘러내린 물줄기가 평사리를 지나 섬진강에서 몸을 푸는 풍경을 보는 것도 나를 위한 선물이 됩니다.

내가 가고 싶은 곳, 내가 사고 싶은 것을 사는 것도 나를 위한 작은 보상이 되어 나를 행복하게 합니다. 보상의 시간을 한 달에 한 번 갖는다면 힘든 시간이 찾아온다고 해도 잘 견딥니다.

스스로에게 '잘했어, 괜찮아, 힘내'라는 말을 자주 하세요. 힘들고 피곤하고 지쳤던 내가 용기를 냅니다. 하루에 한 번쯤 나와 대화하며 상처받은 시간, 선물받은 행복한 시간을 생각하고 그리워하며 찾아가는 것, 그것이 살아가는 힘이 됩니다.

나날이 나를 아끼고 사랑하고 존경하며 나를 위해 선물하는 날을 만들어보세요.

예술 또한 영혼을 위로하는 선물

스승의 날에 지방대학 불문학 교수로 있는 P를 만났습니다. 그녀는 나에게 일과 문학을 함께하는 것이 힘들지 않느냐고 물었습니다. 나에게는 일이 문학이고 삶의 현장에 있지 않는 내 글은 죽은 글이라고 말했지만, 스스로 생각해보면 많은 생각과 의문을 던지는 질문이었습니다.

나에게 일이란 과연 무엇일까? 매일 같은 사람들을 만나고 함께 같은 일을 하지만 다른 눈으로 세상을 보고 다른 느낌을 갖고 생활을 합니다. 그 속에서 시인은 보통 사람보다 더 치열하고 섬세한 사유를 통해 아파하기도 하고 더 많이 기뻐합니다. 그 결과물이 한 줄의 시로 태어나고 그 시가 사람에게 감동을 주기도 하고 영혼의 울림을 안겨줍니다.

물론 사람마다 느끼는 것이 다릅니다. 어떤 사람은 같은 시인의 글 속에서도 진실을 느끼고 자신의 경험인 양 공감하는가 하면 어떤 사람은 아무런 느낌이 없다며 책을 서랍 속으로 집어넣습니다.

시인은 책과 함께 살아가지만 한 줄의 문장을 쓰기 위해 늘 세상 속을 돌아다니며 보고 듣고 말하는 영역을 넓혀갑니다. 이 세상에 존재하는 모든 것이 시인에게는 가르침이고 스승이기 때문입니다.
세 살 꼬마 아이가 막대사탕을 먹는 것을 보고 시가 태어나기도 하고 거리의 노숙자의 쓸쓸한 발길에서도 팍팍한 글이 탄생합니다.
세상을 아름답게만 표현하는 것이 시인의 의무는 아닙니다. 보이는 그대로, 들은 그대로 내 느낌을 압축시켜 글로 토해내는 것이 시입니다.
가수는 노래를 통해 자신의 인생을 표현하듯이 시인에게는 '시가 내 인생이다'라는 결론이 나옵니다. 그 어떤 시인이든 그의 시 안에 시인의 삶이 있고 철학이 있고 사랑이 있습니다. 심지어 시인의 삶이 거울을 들여다보듯 훤히 보입니다.
한 줄의 시가 아픈 사람에게 위로가 되고 삶의 지혜가 필요한 사람에게는 지혜를 주고 사랑이 필요한 사람에게는 감동을 주는, 다시 말해 누군가에게 힘을 주는 것입니다.
책을 읽는 사람은 또한 좋아하는 시인의 삶을 통해 자신의 인생을 설계하고 반성하고 더 나은 미래를 꿈꿉니다.
시인에게 시는 영혼의 울림입니다. 결국 시가 바로 시인의 정체성을 말해줍니다. 그 누구든 시인의 시를 비판할 자격은 있지만 시를 쓴 저자를 비방해서는 안 됩니다. 시는 그 시인의 삶이지 책을 읽는 독자의 삶이 아니기 때문입니다.
누구나 시를 비판할 자격은 있지만 사람을 비방할 권리를 가진 자는 아무도 없습니다. 또한 사람이 살아가는 데 있어 고단한 영혼을 위로하는 최고의 선물이 예술입니다.

소금인형처럼 나를 찾아가기

바다의 깊이를 재기 위해
바다로 내려간
소금인형처럼
당신의 깊이를 재기 위해
당신의 핏속으로
뛰어든
나는
소금인형처럼
흔적도 없이
녹아 버렸네.

소금인형, 류시화

자신은 흔적도 없이 바다 속에 뛰어들어 녹아버린 소금인형이지만 반짝반짝 빛나며 당신의 가슴속에 살아 있는 소금이 되는 존재, 나의 존재를 찾기 위해 바다로 들어간 소금처럼 치열하게 세상 속으로 뛰어들어 치열하게 살아야 나의 존재 가치가 증명됩니다. 나의 존재를 찾기 위해, 나를 알기 위해 무모하게 바다에 뛰어든 소금인형처럼 삶을 누리며 살고 싶다면 때로는 무모할지라도 과감한 도전과 모험은 반드시 필요합니다.

지구가 쉬지 않고 운행하는 것처럼 내 삶도 내 의지대로 운행하는 것이 정답입니다. 도전이 없는 삶은 살아 있어도 멈춰 있는, 성공 없는 삶이 될 테니까요.

나를 찾아온 기회를 놓치지 않기 위해서는 반복해서 도전하고 끊임없이 쫓아가야 합니다. 그로써 행복을 잡습니다. 도전이 오늘 나를 살리는 힘이 되고 미래의 행복의 새가 되어 하늘을 날아오를 것입니다.

도 전 이
오늘 나를 살리는 힘이 되고
미래의 행복의 새가 되어 하늘을 날아오를 것입니다

어른이 된다는 의미

어른이 된다는 것은 스스로에게 어떤 의미일까요? 내 삶에 있어 확고한 자신감을 갖고 안정된 생활을 하는 것입니다.

안정감을 준다는 것, 쉽지가 않습니다. 자신에 대한 깊은 신뢰가 있어야 하니까요. 마치 보는 것만으로도 편안해지는 산과 숲이 어우러진 풍경을 연출해야 하니까요.

안정감은 내면의 견고함과 외면의 충족감이 하나가 되어야 찾아옵니다. 어쩌면 삶은 스스로에게 한 약속을 잘 지키면서 '스스로를 가르치고 배우는' 데서 가치를 발견할 수 있습니다.

자신과의 약속을 잘 지키는 철저한 행동이 나를 어른으로 만듭니다. 나를 어른으로 만들기 위해 스스로에게 한없이 겸손하고 자신을 사랑하며 철저하게 낮은 자세로 행동해야 합니다.

나이를 많이 먹으면 육체적인 어른은 될지 몰라도 정신적으로 성숙된 완전한 어른은 아닙니다. 육체적 성숙 그리고 정신적인 성숙이 하나가 되었을 때 진정한 어른의 내 모습을 보게 되고 스스로 만족하게 됩니다. 그때가 내가 어른이 되었다는 의미입니다.

육체적 늙음은 노력하지 않아도 혹은 기다리지 않아도 시간이 흐르면 찾아옵니다. 하지만 정신적으로 어른이 되는 것은 노력하지 않으면 불가능합니다. 하루하루 계획과 실천으로 최선을 다해야 어른으로 존경받고 대접받습니다.

육체적 성숙은 노력하지 않아도 되지만 정신적 성숙은 노력에 따라 결과가 좋기도 하고 나쁘기도 합니다. 나의 행복은 객관적 기준이 아니라 주관적 기준이기 때문입니다. 남이 만족하지 않더라도 내가 만족하면 그것이 나의 행복입니다. 내가 나를 바라보았을 때 안정감을 주고 편안하고 멋지게 보인다면 지금 나는 행복한 사람입니다.

내가 행복한 사람이 되는 것, 꾸준히 생각하고 실천하면 이루어집니다.

있는 그대로의 나

세상의 모든 것들은 나를 위해 존재합니다. 내가 없으면 세상의 그 어떤 것도 의미가 없습니다.

나 자신에게 관심을 가지세요.

배운 것이 많지 않다고 해서 나를 얕보거나 행동이 마음에 안 든다고 해서 나를 고통 속에 몰아넣는 사디스트는 되지 말아야 합니다. 살면서 죄를 지을 수도 있고 나에게 화를 낼 수도 있고 때로는 나를 비난할 수도 있습니다. 하지만 그 어떤 상황이 와도 나를 포기해서는 안 됩니다.

예를 들어 나의 실수로 사람이 다쳤다고 해도 '난 사람을 다치게 했어. 내 잘못이야, 내가 나빠'라고 말할 수는 있어도 두 번 다시 실수를 반복하지 않고 나를 자책하지 않기 위해서는 나를 용서해야 합니다. 그래야만 그 문제에서 털고 다시 일어날 수 있습니다. 그래야 자유를 찾을 수 있습니다. 자신을 용서와 이해와 사랑으로 감싸 안아야 합니다.

상처를 받은 것도 상처를 준 것도 그래서 내가 아픈 것도 어제의 일입니다. 오늘, 내일을 잘 살기 위해서는 있는 힘껏 사랑하겠다는 말만 되풀이하지 말고 나를 사랑하는 연습을 하면서 실천에 옮겨야 합니다. 내가 원하는 것, 내가 먹고 싶은 것, 내가 하고 싶은 놀이를 하도록 시간과 마음을 내어주어야 합니다.

나라는 존재는 그 누구보다도 나에게 상처를 받기 쉽습니다. 몸의 부족함은 성형으로 가능하지만 마음의 부족함은 성형으로 고칠 수가 없습니다. 있는 그대로 나를 인정하고 사랑해야 합니다. 내가 생각하고 느끼고 행동하는 것에 실수가 나타나더라도 실수까지 인정하고 위로하며 보듬어야 내가 아프지 않습니다. 모든 사람들의 비난은 견딜 수 있어도 자신의 비난은 견디기 힘든 존재가 사람이기 때문입니다.

이은미의 노래 '가시나무'에 '내 속엔 내가 너무도 많아'라는 가사에서도 보듯이 내 안에 숨어 울고 있는 나, 또 그 옆에서 웃고 있던 어제의 나처럼 내 안에는 수많은 표정을 지닌 또 다른 내가 있습니다.

내 안에 있는 나에게, 기쁠 때나 슬플 때나 영원히 나와 함께할 어린 내 영혼에게 상처를 줘서는 안 됩니다.

현재의 나의 모습, 내가 가진 생각, 그리고 지식, 그리고 경험에 의해 습득된 지혜까지도 작으면 작은 대로 많으면 많은 대로 인정하며 사랑해야 합니다. 내가 나를 알고 내가 나를 인정하고 내가 나를 사랑해야 다른 누군가도 나를 있는 그대로 받아들이고 사랑하게 됩니다.

남보다 부족하다 해서 자신을 숨기거나 열등감을 느낄 필요는 없습니다. 이 세상에 그 누구도 완벽한 사람은 없으니까요.

부족한 단 하나는 누구에게나 있습니다. 과거에 무엇을 했건 지금 무엇을 하고 있건 현재의 나를 믿고 사랑하세요. 현재의 나를 믿고 더 많이 사랑할 때 걱정과 두려움은 사라지고 달라진 미래의 나를 발견하게 됩니다.

내 운명은 정해진 것이 아니라 내가 개척하기에 따라 달라집니다. 나를 신뢰하고 내가 경험하는 전부를 사랑하면 아픈 삶까지도 사랑하게 됩니다.

어제보다 오늘 나를 더 많이 사랑하는 것, 그것이 잘 살기 위한 삶의 지혜입니다.

주인이 된다는 것

자연과 사람은 하나입니다.

흙으로 덮인 채 땅속에 있는 씨앗은 빛과 영양분을 받기 위해 치열하게 싸웁니다. 힘들게 어둠을 뚫고 파아란 새싹이 얼굴을 내밉니다. 그것이 생명의 탄생을 알리는 신호이듯 사람도 마찬가지입니다. 어머니의 자궁 안에서 삶의 탄생을 알리기 위해 몸부림을 치며 세상 속으로 들어갑니다.

태어났다고 해서 다 꽃이 피고 열매를 맺는 것은 아닙니다. 치열하게 살아남은 나무만이 아름다운 꽃을 피우게 됩니다.

사람도 마찬가지입니다. 실패와 고난의 경험을 통해 나를 발견하고 찾아가고 완성하게 됩니다. 어떤 꽃을 피울지는 아무도 모릅니다. 노력한 사람이, 수많은 실패와 도전을 경험한 사람만이 탐스러운 열매를 수확합니다.

아름다운 꽃이 아무리 예뻐도 시들 때는 초라하고 추합니다. 사람도 마찬가지입니다. 나이가 들면 신신함도 사라지고 주름과 육체적 아픔이 따라옵니다.

사랑하는 사람을 떠나보내는 상실의 아픔을 겪기도 하지만 상실 뒤에는 또 다른 보상이 따라오는 것이 삶입니다.

이 세상에 영원한 것은 없습니다. 나무도 사람도 동물도 식물도 나이가 들면 늙고 죽습니다.

오늘 이 순간 즐겁게 웃으며 최선을 다하는 사람만이 후회도 적고 미련도 적게 안습니다.

내 인생의 주인은 나이고 다른 사람은 관객일 뿐입니다.

주목받는 인생의 주인이 되세요.

미완성, 그래서 눈물겹다

어느 날 문득 핸드폰에 저장된 전화번호를 찾아보아도 이 친구는 이래서 안 되고 저 친구는 저래서 싫은, 마음 '툭' 터놓고 얘기하고픈 친구가 없습니다. 그래서 나 혼자라는 생각에 눈물이 날 때가 있습니다.

가끔 일이 어긋나 절망스러울 때 무작정 발길 닿는 대로 걷습니다. 한참을 걷다 보면 너무 고통스럽게 살아가는 사람들이 눈에 들어옵니다. 좌판을 깔고 양말을 파는 청년, 리어카를 끌며 폐지를 줍는 노인, 길거리에서 구걸하는 어린이……. 어른 아이 가릴 것 없이 세상에 던져져 사는 사람이 많습니다.

그때 우리는 느낍니다, 자신이 얼마나 편하게 살아왔는지를……. 적은 수입에도 웃으며 치열하게 살아가는 그들의 모습에서 잠시 실망하고 절망했던 자신을 돌아보며 용기를 얻습니다. 미완성인 인생, 완전하지 않은 사람이기에 사람 속에서 희망을 찾고 용기를 얻습니다.

행복은 어쩌면 평생을 성실하게 살아야 받을 수 있는 단 한 번의 선물인지도 모릅니다.

눈높이의 삶

나는 누구일까? 어떻게 살아야 할까?

누구나 삶에 충실하기 위해, 이 질문에 대한 답을 찾기 위해 책을 읽고 오랜 시간을 공부하고 때로는 여행을 합니다.

그리스 철학자 소크라테스는 "너 자신을 알라"고 했습니다. 나 자신의 위치, 능력, 성격, 가능성을 충분히 고려해서 삶을 준비하고 계획하고 실천하는 것이 정답입니다. 가장 중요한 것은 어떤 일을 하든 의무감must이 아니라 좋아하고 원해서want 일을 해야 과정도 즐겁고 결과도 좋습니다.

삶이라는 특별한 여행을 하면서 많은 것을 잃고 또 새로운 것을 얻으며 살아갑니다.

영화 '죽은 시인의 사회'에 나오는 키팅 선생이 한 말처럼 "카르페디엠Carpe diem", 즉 지금 이 순간을 즐기면서 사는 삶이 정답입니다.

남이 만들어놓은 화려한 남의 삶을 무작정 따라가는 바보가 아니라 나 자신의 보폭에 맞는 나를 위한 나의 삶을 사는 것입니다.

열심히 착하게 살아도 인생은 내 맘대로 되지 않습니다. 성공한 사람의 방식대로 살다 보면 한참 지난 후에 돌아보면 내 삶을 산 것이 아니라 남의 삶을 살았다는 생각이 듭니다. 하지만 그때가 되면 다시 돌아오기엔 너무 먼 길을 지나왔기에 후회와 미련뿐입니다.

'지금 알고 있는 걸 그때도 알았더라면'이라며 늦은 반성을 합니다.

후회하지 않기 위해서는 무작정 토끼처럼 달려가서도 안 되고 거북이처럼 느리게 기어가서도 안 됩니다. 스물, 서른에는 빠른 토끼가 되어 먼 훗날 후회하지 않기 위해 자기계발을 하여 나 자신의 상품가치를 최고치에 올려놓아야 합니다. 그래야 마흔 이후는 거북이처럼 한 템포 느리게 뒤도 돌아보고 옆도 살피며 살 수가 있습니다.

젊어서의 고생은 사서도 한다는 옛말처럼 중년 이후를 편안하고 행복하게 살려면 스물, 서른의 시기를 잘 살아야 합니다.

세상에는 나와 비슷하게 생긴 사람은 있어도 나와 똑같은 생각을 가진 사람은 한 명도 없습니다. 세상에서 유일한 단 한 사람이 '나'입니다. 가능성은 언제나 열려 있습니다. 기회도 항상 있습니다. 그 기회는 나이가 어릴 때 잡을수록 청년기에 덜 흔들리고 덜 방황합니다. 그리고 중년 이후의 삶이 행복해집니다.

꿈은 소중합니다. 그리고 간절히 바라고 그것을 실천하면 이루어집니다. 많은 사람들이 원하는 꿈이 아닌 나에게 맞는 꿈을 찾아 떠나세요. 많은 사람이 강요하는 꿈이 아닌, 내가 원하며 나한테 맞는, 나만의 꿈을 찾으세요. 꿈은 나의 걸음으로 나의 길을 찾아갈 때 이루어집니다.

그대의 꿈은 그대의 눈높이에, 그대 가까이에 있습니다.

사색3분, 잃어버린 추억을 찾아서

스물세 살, 내 앞을 막아서는 두려움 때문에 힘들어할 때에 아버지는 오늘을 즐겁게 살라고 하셨습니다. 내일 무슨 일이 일어날지 아무도 모르기 때문입니다. 아마도 오늘을 즐겁게 살려면 최선을 다해야 할 것이고 즐거운 일을 찾아 하려고 노력하겠지요.

화려했든 초라했든, 떠나가버린 과거를 추억하지 마세요. 오늘 최선을 다하면 미래도 화려해집니다. 시작이 좋으면 과정도 좋고 끝도 좋습니다.

오늘부터 3분씩 나를 위해 살면 좋습니다. 커피 한 잔 마시며 나의 건강, 나의 일, 나의 미래……, 오로지 나 자신을 생각하는 3분입니다. 스스로에게 마법을 걸어 '잘 살겠노라'고 스스로에게 약속했던 일들이 잘 되고 있는지 점검도 하고 '살면서 제일 힘든 일은 무엇이었냐고' 자신에게 묻고 대답하며 사색하는 마법의 공주, 왕자가 되어보세요.

나를 격려해주고 칭찬해주고 위로해주면 3분 이후의 시간이 행복합니다.

행복한 내일을 위해 나를 위한 3분을 투자하세요.

오늘을 사는 의미

꽃을 피우기 위해 힘든 과정을 견뎌온 것도 중요하지만 꽃이 지고 난 후 좋은 씨앗으로 남는 것도 중요합니다.
지금 현재, 과거보다 좋아진 것이 없다 하더라도 과거보다 더 계획적으로 실천하고 점검하면서 최선을 다해 살아간다면 오늘 최선을 다한 결과는 미래 어느 날 찾아옵니다. 활짝 웃을 날을 맞이할 것입니다.
인생에는 오르막도 있고 내리막도 있습니다. 그 어떤 인생이든 오르막만 있는 인생도 없고 내리막만 있는 인생도 없습니다. 수없는 오르막과 내리막을 거쳐야 인생이 완성되지요.
무언가를 이루어낸다는 것은 정성 어린 마음이 없으면 불가능합니다. 어제보다 더 나은 오늘을 정성껏 살아내는 것이 내일을 잘 사는 방법입니다. 잘 살아낸 오늘이 모여 행복한 내일을 만드니까요.
행복역에 도착하는 가장 빠른 길은 오늘이라는 역에 정차했을 때 만족하게 잘 살아내는 것입니다.

돈을 좇는 일을 하게 되면 돈의 노예가 되고
곧 싫증을 느끼며
행 복 하 지 도 않 습 니 다

가치에 대한 사색

돈을 좇는 일을 하게 되면 돈의 노예가 되고 곧 싫증을 느끼며 행복하지도 않습니다.

의사가 되고 싶은 목적이 환자를 치유하고 환자를 사랑하는 마음이 아리라 그저 돈을 벌기 위한 수단이라면 치료받는 환자도 치료하는 의사도 행복하지 않습니다. 따뜻한 마음과 정성이 들어가지 않는다면 웃음 없는 처방이 되고 편안하지 않은 치료가 될 것입니다.

웃음으로 친절하게 온 정성을 다하는 병원은 환자도 많고 평가지수도 높고 돈도 벌고 성취감도 높아 환자도 의사도 윈윈할 수 있습니다.

삶의 봄은 언제일까요?

벌써 봄이 심장까지 파고들었습니다. 새하얀 배꽃이 지고 끝없이 푸른 초록의 물결이 세상을 덮었습니다. 서울에도 라일락꽃이 지고 수줍은 장미가 얼굴을 내밀었습니다.

자연은 많이 가진 사람에게나 적게 가진 사람에게나 똑같은 선물을 안겨줍니다. 사람마다 느끼는 온도차가 다를 뿐이지요. 많이 가진 사람은 봄을 따듯하게 느낄 테지만 밥 먹기도 힘든 사람에게는 봄이 와도 마음은 여전히 추울 것입니다.

그대의 삶은 지금 어떤가요? 삶의 봄이 찾아왔나요?

어떻게 하면 행복을 만날까요? 행복은 만질 수도 없고 보이지도 않습니다. 단지 느낄 뿐입니다. 행복은 배울 수 있는 것도 아닙니다.

나에게 행복을 가져다줄 수 있는 사람은 아무도 없습니다. 단 한 사람, 내가 행복을 만들 수 있습니다.

세상의 지식과 기술을 많이 배운다고 그 속에서 행복을 찾을 수는 없습니다. 행복은 돈을 많이 가졌다고 해서 가질 수 있는 것이 아닙니다. 행복은 많이 배웠다고 해서 얻어지는 것이 아닙니다. 행복은 느낌이기 때문입니다.

행복은 누구나 가질 수는 있습니다. 내가 누구인지를 알 때 행복은 열립니다. 내가 누구이며 어떻게 살아야 하는지 정확히 알 때 행복의 싹을 틔울 수 있습니다.

누군가 나에게 왜 사느냐고 물었을 때 태어났기 때문에 그냥 산다고 대답하는 사람이라면, 행복은 남의 것입니다. 왜 사느냐고 물었을 때 행복이 목적이 되는 삶을 선택하는 사람에게 행복은 다가갑니다. 어떤 생각을 하고 어떤 계획을 세워서 어떻게 실천하느냐에 따라 행복의 주인이 되기도 하고 주인이 되지 못하기도 합니다.

다시 말해서 행복 또한 내가 선택하는 것입니다. 내가 어디에 있든지, 무엇을 하든지, '행복해지는 것'을 생각해야 합니다. 내가 현재 하고 있는 일, 목적지를 향해 열심히 만족스럽게 일을 할 때 미래 어느 날 행복에 대한 결과물이 주어지는 것입니다.

미래 어느 날 웃는 시간이 많으면 행복을 만난 것이고 미래 어느 날 우는 시간이 많으면 불행을 만난 것입니다. 미래 어느 날의 행복과 불행은 지금 이 순간 나의 행동에 의해 결정이 됩니다. 삶의 목적이 행복이라는 것을 분명히 아는 사람은 오늘 이 순간을 삶의 마지막이라 생각하고 삽니다.

이 순간 삶의 목적이 분명한 그대가 삶의 봄을 찾은 것입니다. 행복도 나의 선택입니다.

배려에 대한 사색

살면서 우리는 수많은 사람과 만납니다. 부모, 형제, 친척을 비롯해 학교에서 회사에서 매일매일 많은 사람과 부딪칩니다. 그 많은 사람 중에서 괜찮은 사람, 좋은 사람은 어떤 사람일까요?

자판기 커피를 뽑아 먹고 길바닥에다 버리는 사람이 있습니다. 길을 가다가 굴러다니는 빈 깡통을 집어 쓰레기통에 버리는 사람도 있습니다. 쓰레기를 버리는 사람도 줍는 사람도 습관에 의해 행동하는 것입니다.

누가 보든 보지 않든 무의식적으로 행해지는 행동이 습관입니다. 그 어떤 행동이든 큰일을 하는 사람, 작은 일을 하는 사람이 따로 있지 않습니다.

대기업 회장도 길을 가다가 휴지를 줍기도 하고 초등학교에 다니는 학생도 휴지를 버리기도 합니다. 이 모든 행동은 사람 됨됨이를 표현합니다.

좋은 사람, 괜찮은 사람이 되는 것은 어렵지 않습니다.

이기적이지 않으면서, 남이 보든 말든 자기가 걷는 발걸음 그대로 가장 궂은 일, 가장 작은 일에 최선을 다하면서도 항상 미소 짓는 사람 그래서 주변을 기쁘게 해주는 사람이 괜찮은 사람, 좋은 사람입니다. 남을 위해 희생하고 배려하고 힘든 일을 도와주며 웃는 사람이 가까이 가고 싶고 함께하고 싶은 참 좋은 사람, 괜찮은 사람입니다. 괜찮은 사람은 정해져 있는 것이 아닙니다. 나를 괜찮은 사람, 좋은 사람으로 만드는 것은 작은 일상에서의 따뜻한 한 마디 말, 친절한 행동, 착한 희생입니다.

'카르페디엠, 이 순간을 즐겨라'가 정답입니다

길은 사람의 발길을 따라 나듯이 내 인생의 길도 내가 찾아가는 것입니다.

인생은 선택의 연속입니다. 선택을 하는 것도 나 자신이고 그 과정을 경험하는 것도 나 자신이며 그로 인해 발생한 결과에 대한 책임도 내 몫입니다.

과거의 선택이 현명했고 계획한 대로 치열하게 살았기 때문에 현재의 모습이 아름답고 행복할 것입니다. 현재의 모습이 못마땅하다면 삶에 대한 계획과 실천에 문제가 있다는 의미입니다. 아무리 현재가 힘들더라도 고통을 발판 삼아 더 나은 삶을 살 수 있는 기회가 됩니다.

행복은 항상 한곳에 머무르지 않습니다. 왼손에 행복을 쥐고 있다면 오른손에는 불행을 쥐고 있습니다. 잠시 한눈판 사이에 행복한 사람도 불행의 늪에 빠지고, 불행을 딛고 치열하게 산 사람도 행복의 문을 열고 들어갈 수가 있습니다. 행복과 불행은 늘 함께하니까요.

이 세상에 영원한 것은 없습니다. 사람도 나이가 들면 늙고 죽듯이 나무도 나이가 들면 대부분 썩고 죽습니다.

현재의 내 모습에 만족하지 않고 또 다른 나를 위해 끊임없이 도전하는 사람만이 스스로 만족하는 행복을 느낄 것입니다. 이 순간 최고의 삶을 사는 것이 오래오래 행복해지는 길입니다.

'카르페디엠, 이 순간을 즐겨라'가 정답입니다. 적어도 먼 훗날 지금을 생각하며 '그때 이렇게 하지 말고 저렇게 했더라면 좋았을 걸'이라며 후회하지는 말아야 합니다. 내 인생의 주인공은 나이니까요.

나를 사랑하는 방법

어느 날 문득 거울에 비친 내 삶의 민낯을 보고 내 모습이 비정상이라 여겨질 때, '나는 누구인가? 그리고 어떻게 살아야 하는가?'에 대한 질문을 하게 됩니다.

마치 선천적으로 삶의 트라우마를 가지고 태어난 사람처럼 고통 속에서 흔들릴 때가 있습니다. 살아가는 것이 지치고 힘들 때마다 기형도 시집을 읽으면서 고통을 잠재웁니다. 아마도 서른 살에 삶의 마침표를 찍은 기형도의 시 '오래된 서적'에 '나를 한 번이라도 본 사람은 모두 나를 떠나갔다, 나의 영혼은 검은 페이지가 대부분이다'라고 표현된 것처럼, 세상이 나에게 무언가를 강요하거나 부끄러운 일을 시킬 때 그리고 어쩔 수 없이 그 일을 해야 할 때에는 삶이 무엇이기에 이토록 고통 속에 머물게 하는지 화가 날 때가 있습니다. 하지만 그 고통의 근본 문제를 해결하고 긍정적인 결과를 이끌어내는 것이 나의 몫입니다.

삶은 늘 스스로에게 질문을 하고 답을 찾아가야 합니다. 그것을 찾아가는 여행이 인생입니다.

인생은 자연에서 태어났다가 자연으로 돌아가는 것입니다. 물론 나의 삶의 뿌리는 부모이고 가족이고 사랑하는 사람이지만 삶의 첫 뿌리는 아마도 자연입니다.

사람의 시작부터 과정, 결과에 따라 건강하고 편하게 살거나 질병으로 고생하다가 삶을 마감합니다. 암에 걸린 사람들에게 질문을 하면 "아프기 전에 더 열심히 살 걸"이라고 대답하듯이, 기회를 다 떠나보내고 '그때 이렇게 했더라면' 하고 후회하는 것은 옳지 않은 삶의 방법입니다.

기회는 항상 있는 것이 아닙니다. 치열하게 생각하고 행동을 옮겨야 할 순간에 기회를 잡지 못하면 기회는 다른 누군가에게로 날아가버립니다. 기회는 한곳에 머물지 않는 습성이 있기 때문입니다.

기회를 놓치는 사람은 항상 엑스트라의 삶을 살 뿐입니다. 조연만 열심히 하는 들러리일 뿐입니다. 엑스트라의 삶은 내 인생이 아닙니다. 내 인생의 가장 중요한 사람은 나 자신입니다.

20세기를 자신의 그림처럼 화려하게 '장밋빛 인생'으로 살다간 자신감 넘치는 피카소의 말은 망설이고 두려워하는 청춘들에게 강한 메시지를 던집니다.

"네가 누구인지 아니?
이 세상에 너와 똑같이 생긴 아이는 없어.
넌 그 어떤 것도 해낼 수 있는 능력이 있어.
넌 정말로 하나의 경이야."

두려워하고 주저하다가 시간만 흐릅니다. 시간은 그 어떤 경우에도 나를 기다려주지 않습니다. 인생의 수많은 실패와 경험이 나를 지혜롭게 만들고 나를 완성시킵니다. 내가 나를 믿고 사랑하며 내가 중심이 되는 당당한 삶을 살 때 고독하지도 외롭지도 않습니다.

나이가 들수록, 실패를 많이 할수록 삶의 지혜는 배가됩니다. 실패를 두려워하지 마세요. 오늘의 실패는 내일 일어나는 일에 교훈을 줄 것이고 언제가 일궈낼 성공의 바탕이 됩니다. 자신감이 성공을 부릅니다.

멋진 운명의 마스터키는 이 순간

이 순간 내가 주제를 정해두고 글을 쓰듯이 어떤 사람은 노래를 부르고 어떤 사람은 음식을 만들고 또 어떤 사람은 집을 짓고 있습니다. 그 어떤 일을 하든 행복을 완성하는 일은 일어나지 않습니다. '일의 끝=행복'이라는 등식은 성립하지 않으니까요.

일의 시작과 완성까지 숱한 걱정과 스트레스 속에 살기 때문에 내가 누려야 할 행복의 권리까지 거부했는지 모릅니다. 시작을 하면 끝을 향해 쉼 없이 달려가기 때문에 순간의 기쁨, 과정의 만족을 느끼지 못합니다. 끝을 위해 달려가는 것이 아니라 이 순간을 위해 즐기는 것이 만족을 끌어당기는 방법입니다. 만족이 쌓이면 성취감과 행복은 함께 찾아옵니다.

실패한 일, 시작해야 할 수많은 계획 같은 나를 억압하는 과거와 미래에 대한 생각을 줄이고 내가 만든 감옥에서 벗어나 웃고, 울며, 배우고, 깨우치며, 사랑하는 이 순간을 즐기세요. 실수를 두려워하지 말고 세상 속으로 나를 던져 경험하세요.

실수하고 넘어지고 또 일어나는 과정에서 많은 것을 배웁니다. 처음부터 최고의 길을 가는 사람은 없으니까요. 내가 있는 자리에서 내가 할 수 있는 일부터 시작하세요. 경험을 통해 자유롭게, 긍정적으로 내게 온 절망, 분노, 고통까지도 그대로 받아들이세요. 그것 역시 나에게 온 선물이니까요.

고통을 치유하는 방법은 그것을 느끼며 스스로 벗어나는 것입니다. 그래야 그들이 다시 찾아오면 경험한 것을 토대로 그들에게서 쉽게 벗어날 수가 있으니까요.

1년에 잠깐 꽃을 피우는 사막의 선인장은 꽃을 피우기 위해 얼마나 많은 시간을 고통 속에서 견뎠을까요. 그 고통의 시간들도 의미 있고 아름다울 것입니다.

반드시 결과에 목을 맬 필요는 없습니다. 시작이 있으면 끝은 있습니다. 지금 찾아온 기쁨의 조각, 지금 찾아온 여유를 거부하면서 달려갈 필요는 없습니다.

천천히 한걸음씩 나아가며 과정을 즐기고 끝을 향해 달려가는 사람이 또 다른 창조적인 아이디어를 얻습니다. 과정이 즐거우면 결과도 좋을 것이고 행복의 순간도 많이 만나게 됩니다. 모든 순간을 가치 있게 생각하고 이 순간을 즐기면서 사는 것이 멋진 운명을 부르는 마스터키가 됩니다.

주인, 내 안의 목소리에 답하는 사람

살다 보면 아무 것도 생각이 안 나고 무엇을 해야 할지 모를 때가 있습니다. 인생의 갈림길에 서서 헤맬 때가 있습니다. 그럴 때에는 두려워하지 말고 내 안의 목소리, 내 안에 있는 나에게 귀를 기울여야 합니다.

삶의 갈림길이라 느껴지는 때가 삶의 전환점이 되고 새로운 시작을 알리는 위기이며 동시에 기회입니다. 흔들리는 내 삶의 정답을 말해주는 사람은 내 안에 존재하는 또 다른 나입니다.

머리에서 시키는 것은 거창한 삶의 로드맵에 따라 움직이기에 혼란스럽지만 가슴이 시키는 일은 단순하고 따뜻하며 스스로 행동하게 이끕니다. 원하는 것을 갖고 싶을 때는 가슴을 열어 내 안의 목소리에 주파수를 맞추고 귀를 기울이세요. 내 안의 직관을 믿으며 내 심장에 대고 질문을 하고 답을 기다리세요. 내 안에 치유의 방법과 삶의 기적에 대한 정답이 있습니다.

내 안의 질문에 귀를 기울이고 정확히 대답할 수 있을 때 내 삶의 중심이 됩니다. 나를 사랑하고 나는 믿는 것이 삶의 기적을 만나고 삶의 진정한 주인이 되는 방법입니다.

내 프레임에 맞춰 사는 여자가 행복하다

한국에서 여자로서 산다는 것은 고단한 삶의 여행이 될지도 모릅니다.

여자로서 나만의 아름다운 꽃, 여자로서 나다운 향기, 여자로서 나다운 색깔의 꽃을 어떻게 피울까요?

이슬람 여자들처럼 히잡을 두르고 긴 옷을 입고 전신을 감추고 다녀도 여자는 여자. 한국 여자로 살든 이집트 여자로 살든 자유라는 것. 사랑받는 것 또한 스스로 만드는 것이라는 생각을 합니다. 여자로서 율법을 지키며 하고 싶은 일을 하고 만나고 싶은 사람을 만나면서 사는 것이 행복입니다.

내가 자유를 선택하려면 나의 위치가 견고해야 합니다. 당당하게 대접받는 능력이 있어야 합니다. 여자로서 일과 사랑, 둘을 완벽하게 소화하는 사람은 흔하지 않지만 최선을 다하면 그것으로 충분히 아름다운 사람이 됩니다.

억지로 남의 인생을 흉내 내며 사는 것은 피곤하고 고단할 뿐입니다. 누군가에게 갇혀 산다는 느낌이 들 것이고 그것이 계속되면 여자로서의 삶 속에서 길을 잃게 됩니다. 아무리 좋은 옷이라도 남의 옷을 빌려 입으면 불안하듯이 부족하더라도 나에게 맞는 나다운 삶이 편안합니다. 아무리 영화 같은 삶을 산 여자라도 언젠가는 이름만 남기고 떠나갑니다.

조급하게 서두를 필요는 없습니다. 나에게 어울리지 않는 것들에게 마음을 빼앗기지 말아야 합니다.

여자로서 나에게 맞는 삶의 주파수를 선택해야 파장도 편안합니다. 푸른 바다 위를 유유히 떠다니다 흰 물줄기를 뿜어올리며 자신의 존재를 과시하고 즐겁게 사는 푸른 돌고래처럼, 세상의 프레임에 맞춘 여자가 되는 것이 아니라, 내가 원하는 여자로서의 삶을 선택해야 합니다.

겉으로 드러난 아름다움은 시간이 지나면 퇴색됩니다. 내면의 아름다움을 키워야 합니다. 여자로서 진정한 아름다움은 내적 성숙에 있으니까요. 내 이름을 가진, 내 아이를 가진, 내 남편을 가진 그리고 가장 중요한 내가 사랑하는 일을 가진 여자가 가장 자유로운 여자이며, 나답게 사는, 천리향처럼 항상 어디로 날아갈 준비가 되어 있는 존재가 되어야 합니다. 그래야 향기가 멀리가고 오래 남는 귀한 존재로 사랑받습니다.

여자로 아름답고 행복하게 사는 것 또한 나의 능력입니다.

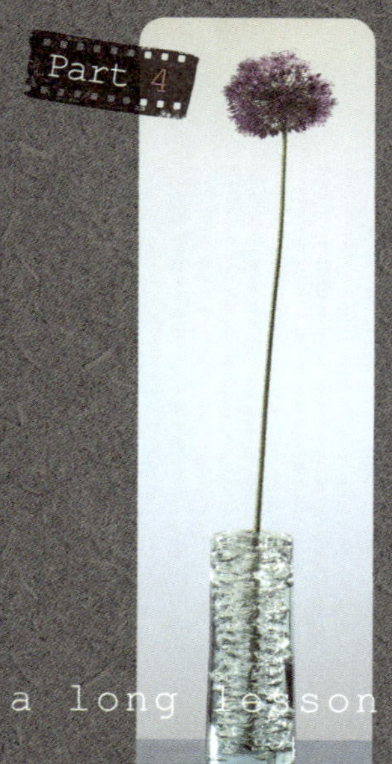

Life is a long lesson in humility

세상에 대한 예의

인생은 겸손에 대한
오랜 수업이다

제임스 M. 배리

망설이지 말고 두려워하지 말고 도전하세요.

용기 있게 도전하는 사람만이 성공신화의 주 인 공 이 됩 니 다

용기에 대한 사색

2012년 성공 아이콘으로 떠오른 안철수 교수의 강연을 본 청춘이라면 누구라도 성공하고 싶다는 욕망에 사로잡힙니다.

'나도 성공할 수 있을까?'

이런 생각에 사로잡히는 것이지요. 그런데 성공은 누구나 할 수 있습니다. 내가 좋아하는 일, 내가 끈기 있게 잘 할 수 있는 일을 선택하여 계획하고 실천한다면 꿈은 이루어집니다.

성공의 비결은 딱 한 가지뿐입니다. 생각했으면 당장 실천하는 것입니다. 하루하루 미루다 보면 나에게 올 성공신화가 다른 누군가에게 가버립니다. 성공의 기회는 늘 한곳에 머무르지 않는 습성이 있기 때문입니다.

성공하다가 실패할 수도 있습니다. 단 한 번의 도전으로 성공하는 사람은 없습니다. 실패를 경험 삼아 다시 도전해야 합니다. 과거의 실수와 잘못이 미래에도 연결되지는 않습니다.

영화 '포레스트 검프'에 이런 대사가 나옵니다.

"과거는 과거로 남겨두어야 앞으로 나아갈 수가 있다."

세상에 태어난 모든 사람은 한 가지 이상의 재능이 있습니다. 그 재능을 발견하여 내 것으로 만드는 것이 성공의 길입니다. 간혹 재능을 못 찾을 수도 있습니다. 그럴 때에는 학습을 통해 습득할 수도 있습니다.

선천적인 재능도 중요하지만 살면서 개발한 후천적인 재능이 더 중요합니다. 선천적인 재능과 후천적인 재능이 조화를 이룰 때 나의 성공신화는 만들어집니다.

"학교 우등생이 꼭 삶의 우등생이 되는 것은 아니다"라는 말이 있듯이 공부 잘하는 것만으로 인생의 우등생이 될 수는 없습니다. 다양한 것들을 체험한 뒤에 오는 반성과 성찰이 성숙한 삶으로 이끕니다.

지금, 좋은 생각이 떠올랐다면 나를 위한 새로운 역사를 만들어보는 것은 어떨까요? 변화에 따라 자유스럽게 색깔을 바꾸는 카멜레온처럼 시대의 흐름에 따라 목표를 향해 변신한다면 꿈은 이루어집니다.

자신감을 갖고 자신만의 당당한 카리스마로 밀고 나아가세요.

망설이지 말고 두려워하지 말고 도전하세요. 용기 있게 도전하는 사람만이 성공신화의 주인공이 됩니다.

느림의 미학

하늘을 찌를 듯이 높이 자란 미루나무도 거센 비바람을 이겨내지 못했다면 살아 있을까요?

인생도 마찬가지입니다. 여러 가지 악과 독이 찾아오면서 강해지고 단단해지는 것입니다. 서두르지 말고 천천히 나아가는 것이 중요합니다. 한꺼번에 많이 먹으면 체하듯이 급하게 서두르면 일이 잘 풀리지 않습니다. 중요한 일일수록, 맛있게 보이는 음식일수록 천천히 처리하고, 느리게 먹는 습관을 기르세요.

조급하게 서두르면 실수를 하거나 사고가 납니다. 인생은 100미터를 달리는 것이 아니라 42.195킬로미터를 달려야 하는 마라톤입니다. 체력의 한계를 알고 방향을 찾아 목적지를 향해 실수 없이 가야 합니다.

인생은 리허설도 없고 복습도 없는 딱 한 번 주어진 마라톤입니다. 때로는 방향을 잃을 때도 있습니다. 그래서 다른 길로 들어설 때도 있습니다. 하지만 꾸준히 포기하지 않고 내 목적지를 향해 달려가면 됩니다.

끝까지 완주하는 것, 그것이 아름다운 내 인생을 완성하는 일입니다.

미완성 어른

어린왕자를 쓴 생텍쥐페리는 "세상에서 가장 어려운 일은 사람이 사람의 마음을 얻는 일"이라고 했습니다.
살다 보면 세상에는 몸은 자랐지만 정신은 자라지 않은 '미완성 어른들'이 참 많다는 생각을 할 때가 있습니다.
살다 보면 자신의 '장점'보다 '단점'에 마음이 갑니다. 마음에 들지 않는 성격, 원만하지 못한 대인관계, 잦은 실수 때문에 만족스럽지 않은 내 인생을 인정하고 싶지 않을 때가 있습니다.
그런 생각이 잘못된 방향으로 흐르다 보면 '실수투성이의 삶'을 다시 포맷하고 싶다는 생각이 듭니다. 마치 영화 속의 좋지 않은 장면을 보지 않는 것처럼 말입니다.
사실 '다시 시작하면 된다'라는 생각은 안 좋은 상황에서 가장 손쉽게 빠져나올 수 있는 달콤한 유혹입니다. 무조건 피하는 것이 최선이 아니라 자신의 문제를 정면으로 돌파하는, 스스로 해결해 나가는 능력도 중요합니다. 나의 책임을 내가 해결해 나갈 때 어려운 삶에 대처하는 기술이 생깁니다.
무작정 돌아가는 것만이 최선은 아닙니다. 때로는 정면승부도 중요하니까요.

가장 중요한 것은 내가 어떤 행동을 하든지 자신에 대해서 냉정하게 판단하고 성실하고 확고하게 행동에 대한 답을 할 수 있어야 한다는 것입니다.

지금 그렇다면 멋진 삶을 살고 있는 사람입니다. 이 세상에 완벽한 사람은 없지만 완벽하려고 노력하는 사람은 많듯이, 삶의 최고 목표는 멋진 삶을 사는 것이니까요.

스스로에게 냉정해지는 오늘을 만들어보세요.

내일은 내일의 태양이 뜬다

날마다 똑같은 일상 속에서도 행복할 수 있을까요? 불확실한 내일을 앞에 두고도 사람은 행복할 수 있을까요?
같은 생활에 지겨워하고 결과를 알 수 없는 내일을 두려워하는 사람들에게 '바람과 함께 사라지다'의 스칼렛 오하라는 이렇게 말합니다.
"내일은 내일의 해가 뜬다After all, tomorrow is another day!!"
매일 뜨는 태양도 생각에 따라 느낌에 따라 다릅니다.
그런데 내일은 또 다른 날이라고 말하면서도 어제와 오늘을 비슷하게 생활합니다. 아침에 일어나 밥을 먹고 지하철을 타고 출근을 하고 점심을 먹고 사람을 만나고 퇴근을 합니다. 분명 어제와 오늘은 다른 날인데 다른 날이라고 깨닫지 못합니다.
일상뿐만 아니라 사람도 마찬가지입니다. 어제 만난 그 사람, 오늘도 여전히 같은 사람이고, 그래서 항상 대하듯, 그렇게 편안하게 만납니다. 가끔 어제와 다르지 않은 일상에 짜증을 부립니다.
'왜, 내 삶은 이렇게 똑같은 걸까?'
반복되는 일상에 짜증을 부리고 만족스러워하지 못하는 것은 변화가 없기 때문입니다.

변화를 찾으세요. 분명, 어제 아침 여섯 시와 오늘 아침 여섯 시는 다릅니다. 날씨가 다르고, 온도도 다르고, 삶의 움직임도 다릅니다. 어제 만난 사람과 오늘 만난 사람도 어제와 다른 옷을 입고 어제와 다른 생각을 갖고 있습니다. 그러나 우리는 그 작은 변화를 무시하고, 언제나 같은 환경, 같은 사람이라고 느낍니다. 이런 생각이 나를 권태롭게 만들고 심지어 귀차니즘으로 이끕니다.

어제 운전을 하면서 이동했다면 오늘은 버스를 타고 파릇한 봄옷으로 갈아입은 가로수를 감상해보세요. 거리를 지나는 사람들의 표정에서 희망과 웃음을 찾아보세요. 그리고 다짐하는 겁니다.

비록 사소하고 작은 변화지만 작은 변화가 모여 새로운 날을 만듭니다. 작은 변화에 몰입하면 어제의 나와 오늘의 내가 어떻게 달라졌는지를 알게 되고 행복해집니다. 나의 작은 변화가 주변 사람을 변하게 합니다.

"내일은 내일의 해가 뜬다"라는 말은 나의 행동을 바꿀 수 있습니다. 내일의 태양이 오늘의 태양과 무엇이 다른지 구분하지 못한다면 후회스럽고 권태로운 어제와 같은 인생을 살 뿐입니다. 즐겁고 행복하게 사는 방법은 스스로 찾아야 합니다.

작은 변화를 시작하세요. 꾸준한 연습이 아름다운 인생을 만듭니다. 그러면 어제보다 오늘은 더 행복해질 것이고 내일은 새로운 삶의 역사를 쓰는 성공한 날이 될 수 있습니다.

삶의 역사를 다시 쓰고 싶다면 지금 당장 도전하세요.

나는 누구인가

"나는 누구인가요?"

서른두 살, 교사생활을 하면서 반복되는 일상에 지쳐 있을 때 내 안에 있는 내가 어느 날 나에게 이런 질문을 했습니다. 하지만 아무런 대답도 하지 못했습니다.

내가 추구하는 삶의 가치는 또 무엇일까요? 그때까지 생각을 해본 적이 없어 대답을 못했습니다.

서른두 살의 나이에 내가 누구이며 무엇을 해야 하고 어떻게 살아야 하는지를 처음으로 생각하기 시작했습니다.

이처럼 삶에는 동기가 있습니다. 나의 정체성을 있는 그대로 받아들이는 것이 삶을 살아가는 지혜입니다.

남이 바라는 모습의 삶을 사는 것은 내 삶이 아닙니다. 내 삶은 내가 바라는, 내가 원하는 삶을 사는 것입니다. 힘들고 지칠 때 나를 돌아보는 시간을 가지며 오로지 나에 대해 생각하고 계획하고 행동하는 시간을 가져야 합니다.

왜 살고 있는지를 가끔 잊고 살 때가 많습니다. '나는 누구인가?', '어떻게 살고 있는가?'를 시시때때로 점검하며 살아야 오늘을 충실히 살고 내일의 희망을 여는 시간을 갖게 됩니다.
내가 생각해서 가치 있는 일, 그래서 나도 행복하고 주변 사람들도 행복한 그런 삶이 괜찮은 인생이라는 생각을 합니다.
인생이라는 스타트 라인을 밟고 무조건 달리는 것보다는 달리면서 생각하고 계획하고 실천하는 것이 가치 있는 삶을 사는 방법 아닐까요?

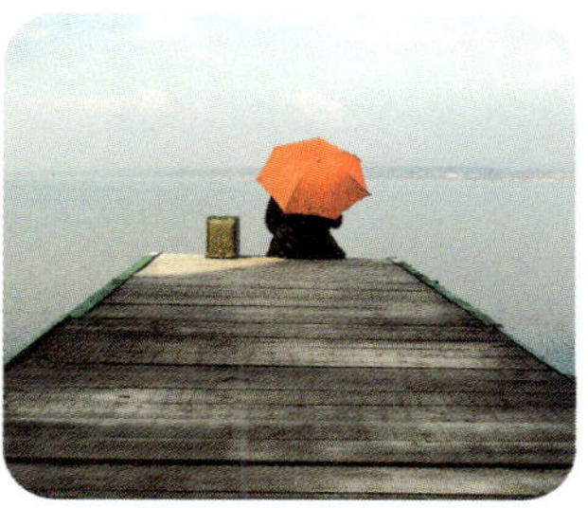

성공하는 사람

우리가 즐겨 마시는 커피는 1,400년 전, 아프리카 에티오피아의 카파라는 지방에서 염소를 모는 칼디라는 목동에 의해 발견되었다고 합니다. 성공한 사람들을 보면 보통 사람들이 지나쳐버리는 사소한 부분까지 세심한 관심을 가지는 습관이 있습니다. 그들에게는 사소한 일들이 모두 성공의 기회이자 수단이기 때문입니다.

지나온 시간을 돌아보면 기회는 많았습니다. 내게 온 기회가 기회인 줄 모르고 지나치기도 하고 두려워서 못 본 척 지나친 때도 많습니다. 죽기 전까지 기회는 늘 있습니다. 지나친 욕심을 부리지 않고 실패를 두려워하지 않고 생각을 행동에 옮기면 기회가 됩니다.

성공한 사람들을 보면, 꼭 그 사람의 능력이 뛰어나서가 아니라 작은 관심이 성공의 기회를 만듭니다. 작은 일도 해결하지 못하는 사람은 절대로 큰일을 할 수 없듯이 성공 또한 작은 일을 해결하는 능력이 모여 큰일을 해결하는 진정한 승자가 됩니다.

카네기도 "모든 일은 정복할 때마다 실력이 붙는다"라고 했듯이 사소한 것이 때로는 성공의 마스터키가 됩니다. 사소한 일을 해내는 것도 능력, 그 능력들이 한데 모이면 모든 것을 이길 수 있습니다.

신뢰에 대한 사색

"나는 누구일까?"

이 질문에 대한 해답을 찾아가는 것이 인생입니다.

그리스 철학자 소크라테스는 "너 자신을 알라"고 했습니다.

그런데 아직도 이 질문에 정확히 대답하는 사람은 없습니다. 그런 사람이 있다면 100% 만족한 삶을 사는 사람이겠지요.

"나는 누구일까?"

내 이름, 내 생활, 내 성격 등 나 자신을 정확히 설명할 수 있는 건 무엇일까요? 아마도 내 자신을 정확히 평가하는 것입니다. 나의 가치를 정확히 아는 것입니다.

나의 가치를 안다는 것은 자존감을 가지는 것입니다. 단순히 행복할 때만 나를 좋아하고 불행할 때는 나를 미워하는 것은 나를 사랑하는 것이 아닙니다. 그것은 이기적인 사랑이고 나를 힘들게 할 뿐입니다. 나를 존경하고 나의 장점, 단점까지도 사랑하면서 나를 있는 그대로 받아들여야 합니다.

내가 무슨 일을 하는지, 어떤 실력을 갖추고 있는지 그대로 인정하면서 행동해야 합니다.

자신의 장점을 개발하기 전에 단점을 알아야 합니다. 나를 정확히 평가한 후에 '내가 무엇을 해야 하며 어떻게 살아야 하는지'를 생각하고 행동해야 합니다.

하던 일을 잠시 멈추고 현재 자신을 평가해보세요. 내가 하는 일이 꼭 해야 할 일이고 나를 위한 일인지, 그렇다면 어떤 결과가 다가올지를 생각해보세요.

잘못되었다면 과감히 수정하세요. 그래야 수정된 만족스런 결과물이 탄생합니다.

자신의 강점을 알고 발전시키면서 자신에 대한 자부심을 가질 때 자신감이 생깁니다.

나를 특별하게 만드는 것도 나 자신의 힘입니다.

내 자신이 브랜드가 되는 시대입니다. 선택의 기회가 내게 오면 잡으세요. 머뭇거리다가 놓쳐버립니다. 인생에 있어 막차는 성공할 수 없습니다.

기적에 대한 사색

기적은 기적이 있다고 믿는 사람에게 찾아온다고 합니다.
우리의 일상에서의 기적은 자연의 법칙을 따르지 않고 일어납니다.
과거에는 상상조차 할 수 없었던 달과 별의 정복, 그리고 전 세계 사람들과 소셜 커뮤니티, 즉 SNS나 트위터로 동시에 소통하는 기적 같은 일이 일어나고 있습니다. 인간의 잠재능력이 어디까지인지 아무도 모릅니다. 자신의 잠재능력이 어디까지인지 나 자신도 모릅니다.
생각의 전환, 발상의 전환이 기적을 만들어냅니다. 사유 속에 자신을 감금하기만 한다면 아무리 오랜 시간이 지나도 변화는 없습니다.
치열한 사유를 통해 생각이 떠올랐다면 세상 속에 자신을 던지는 것이 기적을 만들어내는 방법입니다.
사방이 밀폐되어 바람이 통하지 않는 곳에서 세균이 번식하듯 자신의 틀에 갇혀 산다면 삶의 추락은 끝없이 찾아오고 결국 인생의 패배자가 됩니다.
주저하지 말고 두려워하지 말고 '던지세요, 세상 속으로 나 자신을.'
인생은 칭찬 속에서, 때로는 비판 속에서 성숙되고 완성됩니다. 그것이 인생의 기적을 만들어내는 최고의 방법입니다.

내가 괜찮은 인생을 사는 것은
나의 현명한 선택과 지 혜 로 운 행 동 의 결 과 라는 것을
잊지 마세요

든든한 나

내 삶에 있어 나를 지지해주는 든든한 사람이 있다는 것은 위로가 되고 축복입니다. 그들이 내 인생의 조언자가 되고 삶의 로드맵을 그려줄 수도 있습니다.

하지만 그것을 선택해서 걸어가는 사람은 나 자신입니다. 내 인생에 있어 그 어떤 것도 내 생각만큼 명확한 것은 없습니다. 내가 정한 삶의 목표에 따라 내 인생의 이정표가 정해지고 어떻게 실천하느냐에 미래의 내 삶의 가치가 정해집니다.

다시 말해서 내가 괜찮은 인생을 사는 것은 나의 현명한 선택과 지혜로운 행동의 결과라는 것을 잊지 마세요.

말에 대한 사색

우리는 많은 말을 하며 살아가지만 얼마 가지 않아 내가 누구에게 무슨 말을 했는지 잊어버립니다.

살면서 누군가 던진 한마디가 비수가 되어 심장에 꽂히기도 하고 절대로 해서는 안 될 말을 해서 두고두고 가슴 아파하기도 합니다. 물론 들어서 좋은 말, 예쁜 말을 골라 할 수도 있지만 그 또한 아부로 들릴 수 있기에 항상 입에서 내뱉는 말은 조심해야 합니다.

말은 입에서 내뱉는 순간 세상을 향해 던지는 나의 약속을 의미합니다.

얼마 전, 지역구 국회의원의 연설문을 작성할 때 연설문의 스탠더드적인 전문용어를 사용하지 않고 가슴에 와닿는 감성에 호소하는 현실적인 표현을 쓴 적이 있습니다. 주민들의 반응은 무척 좋았습니다. 몰입을 하며 웃고 박수치며 공감을 나타내주었습니다.

말의 효과는 나이, 지역 특성, 환경, 그리고 지적 수준을 고려해서 전달해야 합니다.

가장 중요한 것은 진정성입니다. 사랑이 담긴 따뜻한 말 한마디는 상대에게 커다란 자긍심과 용기를 심어주기도 하지만 무심코 던진 날카로운 말 한마디는 오래도록 날개를 달고 다니면서 모진 재판을 받게 만듭니다.

때로는 법의 심판보다 말의 심판이 더 가혹하고 잔인합니다. 의미 없이 흘린 말이 누군가에게는 평생 씻을 수 없는 상처와 한이 되기도 합니다. 어떤 말은 힘이 되어주어 그 말에 용기를 내 노력하게 하고 유명인사가 되게도 합니다.

너무 많은 말들이 오가는 우리의 삶 속에서 진심이 담긴 말, 사랑이 담긴 따뜻한 말 한마디가 우리가 사는 세상을 밝혀줍니다.

결국 한 줌 흙으로 돌아가는 인생, 우리가 세상을 위해 남길 수 있는 것은 따뜻한 말입니다. 사람은 떠나가도 그 사람이 남긴 말의 여운은 남는 법입니다.

세상에 어떤 인연으로 만나든 함께하는 시간 동안 사람들은 말을 하지 않아도 그 마음을 다 알 거라 생각하지만 정작 해줘야 할 말을 하지 않아 시작이 아무리 아름다운 인연이었다 해도 때로는 비극의 주인공이 되기도 합니다.

남자와 여자는 말하는 방법도 다릅니다. 남자는 사랑하는 마음을 가슴에 담고 살아가지만 여자는 그 가슴속에 담아둔 남자의 마음을 보기 원하고 듣기 원합니다.

따뜻한 말 한 마디가 사람을 살리고 세상을 밝혀줍니다.

부모에 대한 사색

부모라 해서 다 어른이고 훌륭한 것은 아닙니다.

세상에는 버려진 아이가 너무도 많습니다. 부모의 무조건적인 사랑을 받지 못하고 자란 아이는 어른이 되어서도 사랑을 주는 방법을 모릅니다. 희생적이고 이기적이지 않은 사랑을 받고 자라지 못했기 때문입니다. 어렸을 때 부모에게 사랑을 받아본 적이 없는 아이들은 커서도 사랑을 베푸는 방법을 잘 몰라 사랑에 대한 장애를 안고 살아갑니다.

공부를 잘하는 방법을 가르쳐 인재를 키우는 것도 중요하지만 좋은 부모가 되는 법, 행복한 사랑을 하는 법을 가르치는 것이 한평생을 살아가는 데 더 중요합니다.

영어, 수학을 못해도 살아가는 데 불편은 없지만 정서적으로 문제가 있는 아이는 어른이 되어서도 성격장애를 나타낼 수 있습니다. 자기중심적으로 행동하거나 행동함에 있어 문제를 일으키는 경우가 많습니다.

결혼을 하고 아이를 낳았으면 부모 역할을 제대로 해야 하는데 어려서 배운 것이 없기 때문에 혼자서 고민하게 되고 부부 사이에 의견

충돌이 일어났을 때에도 대화나 소통하는 방법을 몰라 당황합니다. 부모에게서 배운 것이 없기 때문입니다.

부모는 자식의 롤모델입니다. 아버지는 아들의 미래이고 어머니는 딸의 미래가 되는 것입니다. 부모의 사랑을 듬뿍 받고 자란 아이는 어른이 되어서도 베풀 줄 알고 배려할 줄 압니다. 공부를 잘하고 못하고를 떠나 세상을 긍정적으로 보며 받은 사랑을 다시 되돌려주는 방법을 압니다. 매 맞고 자란 아이는 어른이 되면 폭력적인 사람이 되기 쉽습니다. 아이의 스승은 부모입니다.

부모라고 해서 아이를 함부로 때리거나 폭력을 사랑으로 포장해서는 안 됩니다. 폭력은 아이에게 가치관의 혼란과 영원히 지울 수 없는 상처를 안겨줄 뿐입니다. 부모를 좋아하고 존경할 수 있게 모범이 되어야 합니다.

따뜻하고 화목한 가정에서 자란 아이는 어른이 되어서도 부모에게 효도를 합니다. 좋은 부모는 자식을 올바르게 키워서 스스로 독립할 수 있게 지켜봐주는 것입니다.

자녀가 성공을 하든 못하든 그것은 부모의 책임이 아닙니다. 아이 스스로가 선택한 길이고 아이가 이겨내야 할 몫입니다. 부모가 아무리 좋은 선택을 권유해도 자식이 선택하지 않으면 의미가 없습니다. 부모는 그저 곁에서 바라보며 지켜봐주는 것입니다. 그것이 부모가 할 일입니다.

인생이라는 학교

중학교 때, 체육시간이 싫어 체육수업이 있는 날에는 비가 많이 내리면 좋겠다고 생각한 적도 있었습니다. 시험의 공포증이 극에 달한 날에는 내일 천재지변이 일어나 학교에 가지 않게 되었으면, 하고 바랐던 적이 있습니다.

어쩌면 인생은 학교와 같습니다. 학교에 가면 좋아하는 과목이든 싫어하는 과목이든 여러 과목의 수업을 모두 들어야 합니다. 그 시간 수업이 싫어 꾀병을 부리고 아프다며 양호실에 누워 있는 친구도 있고 조퇴하고 집으로 가는 친구도 있습니다. 그리고 좋아하든 싫어하든 묵묵히 자리를 지키며 공부하는 친구도 있습니다.

개인적인 불만이나 욕구를 다스리지 못해 옳지 않은 선택을 자주 합니다. 이기적인 바람일 뿐이고 옳지 않은 결과를 가져옵니다. 빠진 수업을 필기도 해야 하고 나중에 스스로 보충을 해야 하기 때문입니다.

인생이라는 학교도 마찬가지입니다. 하고 싶은 일을 하지 못하는 경우가 많고 때로는 죽어도 하기 싫은 일을 꼭 해야 할 수도 있습니다. 그 어떤 일이든 지나고 나면 모두 경험이 되고 살아가는 데 큰 도움이 됩니다.

나의 삶의 목표를 이루기 위해 열심히 살아가는 사람이 행복한 사람입니다.

선택에 대한 사색

인생은 선택의 연속입니다. 하지만 태어나는 것, 죽는 것만은 선택할 수가 없습니다. 부모 또한 선택할 권리가 없습니다. 어떤 사람은 태어나면서 왕자님이 되는가 하면 어떤 사람은 태어나면서 고아원에 맡겨져 자랍니다.

태어남과 죽음은 나의 선택이 아니라 주어진 환경 아래 이루어집니다. 하지만 그 뒤의 인생은 의지와 노력을 통해 바꿀 수 있습니다. 인내심을 가지고, '하면 된다'라는 신념을 가지고 포기하지 않고 도전하면 성공이 보입니다. 돈이 많고 젊은 사람만이 성공하는 것이 아니라 절대 포기하지 않는 사람에게 성공은 찾아옵니다.

성공은 노력하고 실패해도 또 도전하는 사람의 몫입니다.

열망에 대한 사색

꿈은 내가 품어야 내 것이 됩니다.

간절히 원하고 적극적으로 도전하면 꿈이 이루지지지 않아도 행복해집니다. 간절히 원하고 치열하게 도전했는데도 꿈이 이루어지지 않았다면 실패한 것이 아닙니다. 비록 내가 원하는 것을 얻지는 못했어도 열심히 최선을 다했으면 내가 잘하는 것이 있다는 의미입니다. 그것이 만족이고 나를 행복하게 하는 것입니다.

열심히 최선을 다해 노력했어도 반드시 꿈이 이루어지지는 않는다는 것은 나이가 들면서 깨닫게 됩니다. 하지만 가장 기적적인 아름다운 순간을 얻기 위해서는 기다림과 싸워 이겨내야 합니다.

그 누구보다도 더 많이 그리고 더 치열하게 최선을 다하는 기다림, 그 후에 기적은 일어납니다.

성공에 대한 사색

어떤 일이든 시작이 있고 시작에는 이유가 있습니다.

어떤 일을 하든 마음 자세가 중요합니다.

"무엇이 될까, 어떻게 해야 할까?"

목표를 정해야 합니다.

목표가 있는 삶과 목표가 없는 삶은 결과가 다릅니다. 삶의 목표가 정해졌으면 시작해야 하고 시작을 했으면 최선을 다해야 합니다. 그 일을 내 일처럼 하느냐, 남의 일처럼 하느냐에 승패가 달려 있습니다. 실패를 두려워하지 말고 목표를 향해 나아가세요. 가다가 실패를 했다면 시작하지 않은 사람보다 발전한 것이며 과정 또한 경험이 되어 중요한 자산이 됩니다.

시작을 했다면 절반은 성공한 그대가 됩니다. 그래야 과정도 행복하고 결과도 좋습니다.

실패는 누구나 할 수 있지만 성공은 아무나 하는 것이 아닙니다. 성공할 때까지 도전하는 사람은 많지 않습니다. '도전=성공'이라는 등식은 성립되지 않습니다.

위로에 대한 한 마디 말

시작하는 친구들에게는 “실패하면 안 된다”라는 말보다 “도전해라. 하지만 실패를 조심해라”라는 말이 훨씬 도움이 됩니다.
살다 보면 실수와 실패는 밥 먹듯이 합니다. 하지만 그 실수와 실패 덕분에 다음번 행동에서는 조심하게 됩니다. 그런데 시작도 하기 전에 ‘실패하면 안 된다’는 말을 듣게 되면 강박관념에 사로잡히게 되고 시작하기가 두려워 포기하고 맙니다.
‘할 수 있어, 도전해봐’라는 따뜻한 말 한 마디가 그 사람의 인생을 바꿔주기도 합니다.
따뜻한 위로의 한 마디가 필요한 오늘입니다.

분노에 대한 사색

한평생을 살다 보면 웃을 때도 있지만 화날 때도 있습니다.
화가 나는 이유가 있겠지만 화가 났을 때는 풀어주는 방법이 중요합니다.
좋아하는 음악을 듣거나 인터넷 게임을 하거나 노래를 부르거나 춤을 추면서 화를 풀어버려야 합니다. 화를 풀어내지 못하면 남에게도 상처를 남기지만 가장 큰 상처는 바로 자신에게 생긴다는 것을 잊지 마세요.
분노의 감정이 나를 힘들게 하고 나를 아프게 합니다. 충돌이 일어나기 전에 분노의 대상이 되는 마찰을 일으키는 행동이나 규칙을 미리 점검하세요. 남을 비판하거나 평가하기 전에 나 자신을 먼저 평가하고 비판하세요. 분노하기 전에 상대방의 입장이 되어본다면 마찰도 충돌도 지나갑니다.
믿음도 중요하지만 바른 행동이 사람의 신뢰에 힘을 줍니다.

기쁨의 의미

살고 죽는 것은 하늘의 뜻입니다. 죽는 것은 이미 정해져 있습니다. 그 날짜만 모를 뿐입니다. 잘 사는 것은 내 의지에 따라 달라집니다. 작은 것에도 기뻐하며 사는 날을 만드세요. 작은 기쁨이 모여 큰 기쁨이 되고 큰 기쁨이 모여 행복이 됩니다.

기뻐하면 기분도 좋아지고 몸의 면역력이 강화되어 건강도 좋아집니다. 기쁠 때는 참지 말고, 부끄러워하지 말고, 아이처럼 소리 내어 한바탕 큰소리로 웃으세요. 기뻐하는 것, 그것도 습관이 됩니다.

내가 기쁘면 내 가족이 기쁘고 내 주위 사람들이 기쁩니다. 오늘 기쁜 일이 있으면 내일도 기쁠 확률이 높습니다.

기뻐하는 것, 그것도 노력에 따라 달라집니다. 기쁜 일이 생기도록 노력하세요. 내 행동의 작은 변화가 기쁨을 안겨줍니다.

소유

소유가 나쁜 것은 아닙니다.

자신의 능력에 맞는 소유는 행복을 줍니다.

지나친 소유가 화를 부르며 나를 노예로 만듭니다.

분수에 맞는 소유는 내면의 풍요와 정신적인 행복을 안겨줍니다.

분수에 맞는 소유는 내면의 풍요와

정 신 적 인 행 복 을 안겨줍니다

약속

타인과의 약속은 단순한 약속이라는 의미를 떠나 나의 존재감을 확인시켜주는 만남입니다.
"토요일 오후 두 시에 만나요"라고 누군가와 약속을 했다면 일에 대한 만남이었다 해도 서로의 눈을 바라보며 대화하는 동안 신뢰감과 배려 그리고 친밀감까지 나누게 됩니다. 서로의 존재감을 확인하게 되고 또 다른 인연으로 이어지기도 합니다.
약속은 인간적인 서약이라는 말이 어울릴 듯합니다.

삶의 윤리

산다는 것은 무엇이고 살아 있다는 것은 무엇일까요?
삶의 본질은 무엇이고 삶의 윤리는 무엇일까요?
아마도 삶의 기본이 되는 프레임을 지키면서 살아간다면 정당한 행위의 삶이 될 것입니다. 평범한 삶의 기본이 되는 규칙이나 질서를 지키지 않고 돌출행동을 하며 산다면 비행이 되어 삶의 윤리에 어긋나는 사람이 됩니다.
기본적인 규칙을 심하게 벗어나고 함께 사는 사람들에게 상식을 초월한 피해를 준다면 지극히 개인적인 행동도 악의 화살이 됩니다.
남에게 피해나 상처를 남기는 악이란 것도 작은 실수가 습관이 되어 일어나는 현상입니다.
익숙지 않은 행동, 미래가 불투명한 생각 등이 삶의 윤리를 망가뜨릴 때가 많습니다.
삶의 목적이 1등을 위한 것이 아니라면 지극히 평범해 보이는 생각과 행동을 하는 것이 삶의 기본 윤리를 지키며 평범하게 살아가는 방법입니다.
지극히 평범하게 누리며 산다는 것이 어쩌면 최상의 행복이겠지요.

존재의 가치

두려움은 지나친 탐욕에서 나옵니다.

물질에 대한, 권력에 대한, 사랑에 대한 욕망이 지나칠수록 두려움은 커져갑니다. 두려움을 치유하고 싶다면 적게, 적당하게 가지려고 하면 됩니다.

탐욕이 나를 힘들게 할 때는 주변을 돌아보세요. 나보다 힘든 누군가, 나보다 적게 가진 누군가도 웃고 또 웃으며 살아간다는 것을 발견합니다. 탐욕 없이 세상을 바라본다면 현재의 자신도 충분히 가지고 있다는 생각이 들 것입니다.

그리고 과거와 현재의 모습을 비교하지 마세요. 그 또한 나를 힘들게 합니다.

물론 과거 없는 현재의 나는 없습니다. 과거의 나를 부정할 것도, 과거의 나에 집착할 필요도 없습니다. 그저 존재가치로 인정하면 됩니다.

현재가 잘못되고 있다는 것을 아는 이유는 과거라는 존재가 있었기 때문입니다. 학습효과, 경험효과가 가르쳐준 지혜입니다.

지금 후회하는 일을 만들었다면 그 때문에 미래 어느 날에는 더 분명한 삶의 깨달음을 얻게 됩니다.

인생이라는 여행에 있어 좋은 경험, 나쁜 경험을 선택할 수도 없지만 그 모든 경험이 미래의 나의 삶을 완성하는 것입니다. 간혹 인생이라는 길을 가다가 길을 잃기도 하고 남의 길을 가기도 하지만 가장 중요한 것은 어떤 배움이든 나를 성장시키는 데 필요하고 소중하다는 것입니다.

나를 완성하는 데 꼭 필요한 소중한 요소가 경험입니다. 나의 존재가치는 경험의 산물입니다.

삶의 해답

살다 보면 나의 실수 때문이든 혹은 남의 실수 때문이든, 죽고 싶을 만큼 힘든 시기가 찾아옵니다. 그 시기가 20대일 수도 있고 30대일 수도 있고 마흔 이후일 수도 있습니다.
나는 서른 초반에 그런 때가 있었습니다.
한평생을 살다 보면, 몸부림쳤지만 그 순간 해결되지 않는, 내 힘으로는 어쩔 수가 없고, 누구의 도움으로도 해결되지 않는 일이 일어납니다.
희망이 없다는 것을 느낄 때는 스스로의 시간이 필요합니다. 서두르며 춤을 추면 스텝이 꼬이는 것처럼 천천히 내 스텝으로 삶을 살아야지 남의 스텝에 맞춰 살다 보면 비틀거리거나 넘어지게 마련입니다. 내가 나의 몸과 마음을 컨트롤할 수 있을 때 나의 삶은 안정되고 편안해집니다.
살다 보면 삶의 스텝이 꼬일 때도 있습니다. 사랑 때문이든 일 때문이든 힘이 들 때가 있습니다. 그럴 때에는 일을 하면서 가장 행복했던 때를 생각하세요. 혹시 사랑 때문이라면 무라카미 하루키의 소설 "스푸트니크의 연인"에 나오는 소설 속의 주인공이 되어 레드 비치,

그리스의 해변을 떠올리며 가장 사랑했던 그때를 생각해보세요. 그러면 웃음이 나고 용기가 납니다.

그래도 힘이 들면 몸이 움직이는 곳으로 가서 마음의 지시를 받으세요. 가까운 공원이나 자연에서 정답을 찾으세요. 잠시 하던 일을 멈추고 나를 관찰하고 나를 생각하고 나를 위로하는 시간을 가져보세요. 마음을 활짝 열어 사랑과 위로의 담요로 고통과 상처를 감싸 안으세요.

그 어떤 고통도 얼마의 시간이 지나면 사라집니다. 나에게 주어진 고통 또한 내가 견딜 수 있을 만큼의 분량일 뿐입니다. 그 시간을 잘 참고 견뎌야 어제 풀리지 않던 일이 오늘은 해결이 되고, 내 것이 아닐 것 같은 일이 오늘은 내 것이 될 수 있습니다.

성공한 사람만 세상의 모든 기쁨을 안고 실패한 사람만 슬픔을 안지는 않습니다. 기쁨과 슬픔은 삶의 과정인지라 성공한 사람이든 실패한 사람이든 누구나 안게 됩니다.

열린 가슴으로 세상을 바라보는 사람은 때로는 네 살 아이의 순수함과 때로는 일흔이 된 어른의 지혜를 갖습니다.

삶의 과정에서 일어나는 실패, 좌절, 도전, 질병, 고통, 행복, 불행 등은 삶을 완성하는 데 필요한 치유의 과정일 뿐입니다. 느린 자연의 움직임 속에서 하늘거리는 풀 한 포기를 보면서, 비틀거리는 억새풀을 보면서 심지어 해풍을 맞아가면서도 바위틈에서 자라난 보랏빛 해국을 보면 상처도 치유되고 희망도 가집니다.

내 삶의 풀리지 않는 문제의 정답은 내 안에 있고 나만이 찾을 수 있습니다. 서두르지 말고 마음을 활짝 열어 몸과 마음이 무엇을 원하는지 물어보세요.
사랑하고 사랑받는다는 확신을 가지고 살아간다면 기적이 찾아와 어느 날 아침 눈뜨고 일어나 보니 당신도 특별한 존재가 되어 있을 것입니다. 기적 역시 시작은 평범한 사람의 평범한 출발이었으니까요.

이별에 대한 예의

만남이 있으면 반드시 이별이 있습니다. 사람과 자연과 사물, 그리고 과거의 이루지 못한 꿈과도 이별합니다.

이별은 예고 없이 찾아옵니다. 아무리 놓지 않으려고 애쓰며 붙잡아도 떠나는 때가 되면 가버립니다. 그럴 때는 조용히 놓아두는 것이 현명한 방법입니다. 나아가기 위해서는, 떠나가도록 내버려두어야 합니다.

오늘을, 내일을 살기 위해서는, 새로운 것들을 만나기 위해서는 이별해야 합니다. 이별은 끝이 아니라 또 다른 만남의 시작을 예고하기 때문입니다.

과거의 이루지 못한 꿈이든, 사랑하는 사람이든, 내가 즐겨 쓰던 물건이든, 내려놓고 놓아주는 마음을 가져야 합니다. 그리고 함께한 그들에게 고마움을 표시해야 합니다.

필요하다면 눈물을 흘려야 하고 슬픔을 드러내야 합니다. 그리고 조용히 작별해야 합니다. 그것이 사랑한 사람이든, 물건이든, 이루지 못한 과거의 꿈이든, 나와 함께한 그들에 대한 예의입니다.

역사박물관

나의 몸과 영혼은 나의 역사를 보관하는 박물관입니다. 현재의 나는 과거의 내가 만들어낸 결과물입니다. 있는 그대로 인정하고 소중하게 여겨야 합니다.

현재 또한 미래의 내 모습을 만들어내는 과정입니다. 과거에 열심히 살지 못했다면 현재의 내 모습이 초라할 것이고 또한 현재 내가 열심히 살고 있다면 비록 과거는 초라했지만 미래는 자랑스러운 모습으로 변해 있을 것입니다.

내가 좋고 나쁨을, 옳고 그름을 분명히 볼 수 있는 시각도 과거로부터 배운 것입니다. 경험에 의한 학습효과라고 할 수 있습니다.

과거는 분명 나의 삶 속에 중요한 역할을 합니다. 설령 고통, 실연, 좌절, 실패의 연속이었을지라도, 그것이 현재의 피나는 노력을 안겨주기 때문입니다. 행복을 향해 도전하는 용기를 안겨준 것입니다.

내가 경험한 그 모든 것은 현재의 나로 존재하기 위해 꼭 필요한 것입니다. 과거의 소중함, 그리고 시간의 가치를 아는 사람이 미래의 내 모습도 아름답게 창조할 것이니까요.

과거를 교훈 삼아 나를 믿고 나를 아프게 하지 않으며 나를 사랑하며 이 순간의 행동을 선택할 때 미래는 과거 그 어느 때의 행복했던 순간보다 더 많이 행복한 순간이 되어 있을 것입니다. 과거 없는 현재는 없고 현재 없는 미래는 없으니까요.

내게 온 시간의 가치를 소중하게 여기는 사람이 특별한 사람이 됩니다.

Part 5

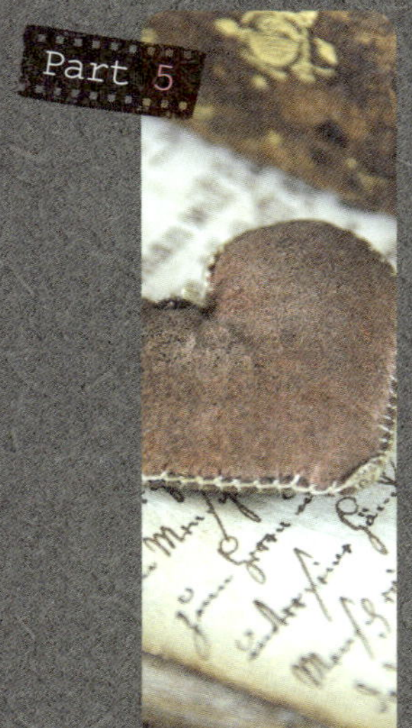

Happiness depends upon ourselves

행복에 대한
예의

행복은

우리 자신에게 달려 있다

아리스토텔레스

자꾸 채우려만 하지 말고 적당히 채워지면 멈추는 것
그것이 가장 평범한 행복입니다
행복은 넘침이 아니라 적 당 함 입 니 다

행복, 나누고 비워 적당히 채움

며칠 전 어느 이벤트 회사에서 전화를 한 통 받았습니다.
대기업 창립기념일 초대장에 나의 시를 사용하겠다는 내용입니다.
그런 전화를 받을 때마다 반가운 마음도 있지만 가끔은 내 작품에 대한 의문이 생깁니다. 아직도 나는 완전히 외우는 나의 시가 별로 없을 만큼 내가 쓴 시에 대해 만족을 못 느낍니다. 그래서 내가 쓴 시라도 낯설게 느껴집니다.
시를 쓰며 살아온 시간 동안 시인으로 살면서 만족감을 느꼈을 때는 시를 읽은 독자가 직접 쓴 감사의 편지를 받았을 때였습니다.
시인은 나 자신을 위해 살아가기보다는 위로받고 싶어 하는 세상의 아픈 영혼을 위한 삶을 삽니다. 현재 내가 아무리 슬퍼도 내 글로 인해 독자가 웃게 된다면 나도 즐거워지는 것입니다.
마치 오 헨리의 "마지막 잎새The Last Leaf"에 나오는, 세찬 바람에도 떨어지지 않고 매달려 있는 마지막 잎새를 보고 희망을 안고 살았던 환자와 최후의 명작을 남긴 무명화가의 희생적인 사랑처럼 누군가를 위해 사는 삶, 그것이 삶의 기쁨입니다. 마지막 한 잎의 힘이 화가에게도 환자에게도 승리를 안겨주었습니다.

세상에는 공짜가 없습니다. 누군가에게 하나를 내어주면 하나가 없어지는 것이 아니라 그 이상의 어떤 것이 내게로 옵니다. 만일 내가 가진 것을 내어주지 않는다 해도 그것이 영원히 내 것이 되는 것이 아니라 언젠가는 다른 누군가를 위해 써야 합니다.

아무리 돈을 많이 가지고 있는 사람이라도, 아무리 사회적 지위가 높은 사람이라도, 죽을 때는 다 비우고 빈손으로 온 것처럼 빈손으로 가야 하는 것이 인생입니다. 살아온 날보다 살아갈 날들이 더 많은 사람이라도 가진 것을 내주어야 빈손에 그 무언가가 채워지는 것입니다. 마치 가득 채워진 항아리에는 더 이상의 물을 담을 수 없는 것처럼…….

자꾸 채우려만 하지 말고 적당히 채워지면 멈추는 것, 그것이 가장 평범한 행복입니다. 행복은 넘침이 아니라 적당함입니다.

행복에 대한 사색

사람은 누구나 행복하기를 원합니다.
어떻게 하면 행복해질 수 있을까요? 행복해지는 방법은 여러 가지입니다.
어떤 사람은 돈을 많이 가져야 행복할 것이고 또 어떤 사람은 아픈 몸을 이끌고 봉사단체에서 땀을 흘리며 일하는 것이 행복할 수도 있습니다.
행복의 기준은 사람마다 다릅니다. 돈이 많다고 해서, 권력을 가졌다고 해서, 부러움의 대상이 된다고 해서 반드시 행복한 것은 아닙니다.
남의 시선이나 기준이 아니라 스스로 내적 만족감과 함께 기쁨을 얻는다면 행복한 사람입니다. 나의 행복은 지극히 주관적이기 때문입니다.
진심 어린 사랑으로 남에게 친절을 베풀어서 마음이 만족스럽다면 그 순간 행복을 만난 것입니다.
행복은 거창하지도 거대하지도 않습니다. 작은 일상에서 좋은 사람과 커피 한 잔을 주고받으면서도 행복을 느끼게 되고 길을 지나치다가 예쁜 꽃을 보면 잠시 행복을 느끼게 되는 것이 인생입니다.

행복은 멀리 있지도 않습니다. 내 곁에서 늘 서성이고 있습니다.

나의 도움이 필요한 그 누군가를 만났을 때 주저하지 말고 다가가서 도와주세요. 상대방이 나의 도움을 받고 기뻐한다면 그도 나도 행복을 만난 것입니다. 그것이 내가 행복을 느낄 수 있는 기회입니다.

작은 강물이 모여 큰 바다가 되듯이 작은 행복이 모여 큰 행복이 됩니다. 행복은 멀리 있는 것이 아니라 곁에 있습니다. 주변을 돌아보세요. 바로 앞에 그대의 행복이 있습니다.

사랑, 끌어당김의 법칙

사랑은 삶의 영원한 주제입니다. 수많은 사람들이 사랑의 슬픔과 기쁨을 이야기했습니다.

물론 남녀의 사랑만이 사랑의 전부는 아닙니다.

가족의 사랑, 친구의 사랑, 자연에 대한 사랑, 이웃에 대한 사랑 등등, 사람의 생김새만큼 사랑의 모습도 다양합니다.

모든 사랑이 아름답지만, 최고의 사랑은 조건 없는, 대가 없이 주는 사랑이 아닐까요?

누군가 그랬습니다. 삶에 있어 가장 두려운 것은 '지옥'이 아니라 '나 혼자' 사는 세상이라고.

사람은 혼자서는 아무 것도 할 수 없습니다. 사람人은 사람과 사람이 기대어 있는 것입니다. 하나이면 불완전하며 둘이 있어, 또한 여럿이 있어 완전해지는 곳이 인간 세상입니다. 물론 함께 있어 가끔 힘든 날도 있지만, 사랑이 있기에 행복할 가능성이 더욱 많습니다.

다른 사람에게 대가 없이 주는 사랑, 그것이 가치 있는 사랑입니다.

어두운 곳에서 내미는 누군가의 손을 잡아주는, 그 손에 사랑을 아낌없이 주는 것이 진정한 행복 아닐까요?

사랑을 주는 것, 어렵지 않습니다. 그대의 착한 본성이 시키는 대로 행동하면 됩니다.
론다 번의 "시크릿The Secret"에도 나와 있지만 내 삶의 모든 일은 내가 끌어당깁니다. 생각을 하면 '끌어당김의 법칙'에 의해 자연스럽게 행동이 이루어집니다. 본성이 시키는 대로 사랑을 퍼준다면 '끌어당김'에 의해 언젠가는 되돌아오는 것도 사랑입니다.
사랑은 삶의 모든 문을 열 수 있는 마스터키입니다.

친구 1

1년 동안 수고한 당신에게 일주일 동안 푹 쉴 수 있는 포상휴가가 주어졌습니다. 단 하나의 물건이나 단 한 명의 사람을 선택할 수 있다면 당신은 누구 아니면 무엇과 함께 여행을 가고 싶나요?
사랑하는 사람을 선택하는 사람들이 대부분이겠지만 나처럼 책을 선택하는 사람도 있을 것입니다. 또 스마트폰이나 PMP라고 말하는 분도 있을 겁니다.
반려동물을 데려갈 분들도 있을 겁니다. 하지만 애인이나 친구를 데려가는 것이 가장 현명한 일일 겁니다. 아마도 친구라고 선택하는 사람이 많을 것입니다.
"행복은 혼자 오지 않는다"의 저자 에카르트 폰 히르슈하우젠 교수가 '친구는 우리를 행복하게 만드는 최고의 선물'이라고 말한 것처럼 좋은 곳에 데려가고픈 친구가 있고 또 많은 얼굴이 떠올라 고민이 된다면 그 사람은 살아온 삶이 행복하다는 것입니다.
아무리 생각해봐도 좋은 사람이 떠오르지 않는다면 평범한 삶을 살지 못한 사람입니다.
그대 지금 그렇다면 걱정하지 말고 이제부터라도 마음을 열고 친구를 만들어보세요. 내가 먼저 손을 내밀면 다가오게 됩니다.

나에게 용기를 주며 내가 바라보는 곳을 지지해주는 친구가 있다는 것은 큰 힘이고 재산입니다. 내 인생에 있어 함께 고통을 나눌 친구가 있다는 것은 위로가 되지만 함께 즐거움을 나눌 친구가 있는 것은 최고의 선물이고 축복입니다.

처음 시작이 어렵지만 시작하고 나면 또 다른 세계가 열리는 것이 세상살이입니다. 그대의 블로그, 카페, 페이스북, 트위터를 통해 친구요청 멘션을 날려봄은 어떨까요? 아마도 파아란 세상이 열리는 기쁨의 날이 될 겁니다.

친구 2

평생을 살아가는 데 있어 친구는 공기와도 같습니다. 공기가 없으면 숨을 쉴 수 없듯이 진정한 친구가 없으면 삶이 외롭고 고독합니다.

좋은 일이 생겼을 때는 내 일처럼 기뻐해주고 나쁜 일이 생겼을 때는 내 일처럼 아파해주는 친구가 진정한 친구입니다.

친구는 나를 이해하고, 나의 결점을 알면서도 나를 지지해주고, 내 곁에 있으며, 내가 힘들고 지칠 때 힘내라고 나를 위로해주며, 나의 말을 귀담아 들어주는 사람입니다. 내가 많이 힘들 때 다가가 도움을 청했을 때 "yes"라고 말해주는 사람이 진정한, 꼭 필요한 친구입니다.

설사 내가 실수를 하더라도 비난하는 것이 아니라 너그럽게 용서를 해주는 사람이며 최악의 상황이 오더라도 가족처럼 내 곁을 떠나지 않는, 나를 버리지 않는 사람이 진정한 친구입니다.

그런 친구가 있다면 그대는 성공한 삶을 살고 있다는 뜻이고 삶이 외롭지도 않고 두렵지도 않고 힘이 날 것입니다.

그런 괜찮은 친구가 있는 당신이 인생의 승자입니다.

당신이 좋습니다

날마다 봄 햇살처럼 다가와 내 가슴을 파고드는 당신이 좋습니다.
옷깃에 닿을 듯 말 듯 살며시 스쳐지나가도
나의 살갗 깊숙이 머무는 내 입김 같은 당신이 좋습니다.
언제부터인가 마음 깊은 곳에 머물며
내 작은 심장까지 끌어안는 당신이 좋습니다.
만날수록 취하는, 느낄수록 진한
깊이 우려낸 포도주 같은 당신이 좋습니다.
당신을 만나서 정말 좋습니다.
당신을 사랑하게 되어 행복합니다.

당신이 좋 습 니 다

꿈 너머 행복

심장이 뛰며 흥분되는 일을 하는 것이 행복을 만듭니다. 짧고도 긴 인생을 살아가는 데 중요합니다. 가슴이 뛰고, 하고 싶어 하는 일을 준비하고 이루어내는 과정을 통해 성취감을 느낍니다. 그리고 자신이 얼마나 소중한지를 깨닫게 됩니다.

행복하려면 내가 찾는 일을 향해 미쳐야 합니다. 행복한 일은 멀리 있지 않습니다. 내 주변에 있습니다.

"인생은 하나의 경험이다. 경험이 많을수록 더 좋은 사람이 된다."

에머슨도 말했듯이 작은 것부터 찾아보세요. 천천히……. 그러면 보입니다.

내 삶의 가치를 발견하는 것이 행복한 인생의 출발입니다. 나의 가치를 발견하고 나의 꿈을 창조하고 나의 행복을 실현하는 것이야말로 삶에 있어 가장 아름다운 과정입니다. 내가 하고 싶은 일이 무엇인지 나를 가슴 뛰게 하는 것이 어떤 일인지 가까이서 찾을 수도 있습니다. 내가 하고 싶은 일, 지금 내가 하고 있는 일에 미친 사람은 끝이 있습니다. 꿈을 향해 도전하는 사람에게는 끝이 보입니다. 그 끝, 꿈 너머에 행복이 기다리고 있습니다. 미친 사람만이 행복을 만날 수 있습니다.

창조하는 사람

사람만이 태어났다가 떠나가는 것이 아니라 아름다운 목련꽃도 한 철 피었다가 지고, 반짝이는 하늘의 수많은 별들도 태어났다가 사라집니다.

세상에 영원한 것은 아무 것도 없습니다.

세상에 존재하는 그 모든 것들은 각자의 방식에 따라 한바탕 놀다가 사라질 뿐입니다. 마치 소풍 나온 마음으로 즐기다 가는 것입니다.

아름다운 단 한 번의 연출이 인생입니다. 태어난 순간 새로운 연출을 해야 합니다.

행복한 나를 연출하기 위해서는 인생 로드맵을 철저하게 준비해서 정확하게 실천해야 합니다. 어떻게 연출하느냐에 따라 내일의 인생이 바뀌고 운명이 바뀝니다.

현재의 삶이 편안하다고 해서 노력하지 않으면 미래의 삶은 불행할 수 있습니다. 현재가 아무리 고단해도 열심히 노력하면 미래는 편안할 것입니다. 어떤 선택을 하느냐에 따라 달라집니다.

항상 긍정적이고 몸을 움직이며 잘 웃다 보면 자신의 달라진 모습을 발견할 것입니다.

거울을 보기 싫을 만큼 얼굴이 밉다고 해서 마음까지 밉지는 않습니다. 자신감이 중요합니다.

'좀 더 예뻤으면, 더 멋지게 생겼으면……' 하고 아쉬워하지 말고 '나는 예쁘다, 나는 좋은 사람이다'라고 웃으며 거울 속의 나와 대화를 하세요.

그러면 달라질 것입니다. 웃는 얼굴은 어떤 사람이든 다 아름답습니다.

성형을 하지 않고도 자신의 아름다움을 찾아내는 사람이 가장 아름다운 사람입니다. 타고난 외모로 이 세상에서 그 역할을 다하는 사람이 가장 행복한 사람입니다. 자신감을 가진 그대가 가장 멋진 사람입니다.

그대가 세상의 주인공입니다. 자신감이 성공의 시작입니다. 행복도 불행도 스스로 창조하는 것입니다.

실천의 의미

생각만 하는 것과 생각을 행동으로 옮기는 것은 다릅니다.
어떤 일이든 시작을 해야 성공할 확률이 생겨납니다. 시작은 하지 않고 생각만 하는 사람은 평생 후회만 합니다.
나를 변화시키는 것은 시간도 타인도 아닌 나 자신입니다.
생각의 전환 그리고 과감한 행동이 나를 바꿉니다. 삶에 있어 생각도 중요하지만 그 생각을 실천에 옮기는 사람이 성공할 가능성이 많습니다.
생각이 떠올랐다면 실패하지 않을까 두려워하지 말고 실천에 옮기세요. 실천하는 순간 절반의 성공이 이루어진 것입니다.

내 삶의 디자이너는 나

"내일과 다음 생 중에 어느 것이 먼저 찾아올지 우리는 알 수가 없다."

이 말은 티베트 속담입니다. 내일을 웃으며 안을 수도 있고 내일 죽을 수도 있다는 말입니다. 인간의 삶 속에는 항상 왼쪽에는 삶이 오른쪽에는 죽음이 머문다는 말과 같습니다. 한순간 선택에 의해 살 수도, 영원히 죽을 수도 있는 것입니다.

삶은 나에게 끊임없이 테스트를 합니다. 피하고 싶은 많은 일들을 쉬지 않고 안겨주며 시험을 합니다. 그 많은 문제를 해결하지 않고 미루거나 포기하는 순간, 나는 내가 원하는 삶과 다른 방향으로 가거나 삶의 끈을 놓게 됩니다.

진정한 삶은 나를 신뢰하고 나에게 온 복잡한 문제를 해결하는 것입니다.

할 수 있는데도 귀찮다고 피하는 사람도 있고, 능력이 조금 부족해도 끝까지 포기하지 않고 해결하는 사람이 있습니다. 해결의 능력, 그런 사람을 볼 때마다 도전의 한계도 내가 만드는 것이라는 생각이 듭니다.

선택과 행동에 대한 결과물에 대해서 스스로를 비난하거나 지나치게 자만해서도 안 됩니다. 중용의 미학이 행복을 부릅니다. 지극히 평범하게 사는 것이 행복인데 그 행복 찾기가 힘이 드는 것도 현실입니다. 가장 평범하게 사는 것에 대한 정답은 없지만 과거를 존중하며 현재를 충실하게 사는 것이 최선입니다.

행복이라는 보석은 누가 내게 가져다주는 것이 아니라 나에게 맞는 맞춤 행복을 내가 찾고 내가 재단하며 내가 만들어가는 것입니다. 그것이 나만의 맞춤 행복입니다.

걱정, 느린 의미의 자살

20대의 청춘은 인생을 즐길 수 있는 나이입니다. 하지만 무작정 인생을 즐길 수는 없습니다. 미래가 불확실하기 때문입니다. 열심히 살아도 삶의 이정표를 찾지 못하고 흔들리며 방황하는 나이입니다. 그런데 20대를 잘 살아야 서른, 마흔 이후가 편안합니다.

아무 생각도 계획도 없이 20대를 보낸 사람일수록 걱정은 많아집니다.

'내 미래는 어떻게 될까?'

'난 무엇이 되어 있을까?'

걱정이라는 말은 영어로 'worry'입니다. 이 말에는 '사냥개가 짐승을 물고 흔들다'라는 의미가 있습니다. 마치 사냥개가 사냥감의 몸을 물고 흔들어서 죽이듯이, 걱정이 지나치면 나의 삶을 흔들면서 서서히 죽게 만듭니다.

어떤 심리학자는 걱정을 '느린 형태의 자살'이라고 했습니다.

걱정이 없는 사람은 없습니다. 하나의 문제가 해결되면 또 다른 문제가 내 앞에 다가오듯이 아마도 죽는 날까지 걱정에서 해방될 수는 없습니다.

하지만 걱정을 줄이는 방법은 있습니다. '왜 내 맘대로 안 될까?'라는 생각이 들면 방법을 찾아 행동으로 옮기는 것입니다. 내가 저지른 행동에 수없이 'Why'라는 질문을 하고 그에 대한 방법을 찾는다면 내가 가야 할 길을 찾은 것입니다. 그 다음의 행동은 내가 좋아하는 일에 몰입하는 것입니다.

별이 빛나는 밤하늘을 보며 꿈을 키웠다는 불운의 작가 고흐도 작품에 몰입하기 위해 귀를 자르는 광기를 부리며 자신의 꿈을 향해 수없이 피나는 도전에 도전을 거듭했습니다. 그 당시 자신의 작품이 싼값에도 팔리지 않아 동생에게 돈을 빌리며 가난하게 살았던 비운의 화가지만 지금 그의 작품은 천문학적인 금액으로 판매되고 있습니다.

우리는 하루에도 수없이 밀려드는 걱정을 거부할 수는 없습니다. 그런데 걱정을 방치하면 마음의 병도 생깁니다. 그럴 때 정신없이 일을 하다 보면 어느새 시간은 흐르고 일에 대한 만족감에 빠져 걱정은 사라집니다. 몰입하는 시간이 많을수록 성취감은 높고 자신감이 생겨 걱정도 사라집니다.

걱정은 필요악입니다. 우리가 해가 뜨는 것을 바라보는 것은 계획한 것에 대한 희망을 안기 위해서이고 해가 지는 것을 바라보는 것은 실천한 행동에 대한 반성의 시간을 갖기 위해서입니다.

희망을 갖고 반성의 시간을 가질 때 진정으로 나를 위로하고 격려할 수가 있습니다. 그 어떤 위로보다 스스로를 칭찬하고 위로하는 순간이 가장 행복한 순간입니다. 행복은 주관적이어서 자신에 대한 만족이기 때문입니다.

지금 당장 가슴이 뛰는 일, 즐기면서 할 수 있는 일을 찾으세요. 행복은 만족이고 만족은 몰입이니까요.

지금 당장 가슴이 뛰는 일, 즐기면서 할 수 있는 일을 찾 으 세 요

오늘의 선물

너도나도 '빨리 더 빨리, 앞으로 더 앞으로, 높이 더 높이'를 외치며 세상을 살고 있습니다. 그런데 앞으로 높이 빨리 가다 보면 반드시 어느 곳에서는 쉬어야 합니다. 기차도 간이역에서 쉬고 버스도 휴게소를 들렀다 갑니다.
인생이라는 장거리 여행을 하는데 한 번도 멈추지 않고 달려가는 사람은 없습니다. 조물주는 인간을 쉬게 하려고 감기에 걸리게도 하고 다리를 다치게도 합니다. 모두 높은 곳에 올라가기 위해 최선을 다하지만 결국 최고봉에 오르면 내려올 수밖에 없는 것이 삶입니다.
마라토너가 달리는 이유는 종착지가 있기 때문입니다. 인생도 마찬가지입니다. 달리는 이유는 행복을 찾기 위해서입니다.
그런데 행복은 종착지에서 받는 선물이 아닙니다. 살아가는 과정 속에서 만나는 작은 기쁨, 만족들이 모여 행복이 됩니다. 결국 행복은 살아가는 순간에 만날 뿐입니다.
물론 살면서 행복한 순간을 많이 만난 사람이 삶의 종착역에 가서도 행복한 결과물을 많이 얻습니다. 자식 농사를 잘 지었다든가, 돈이나 명예 혹은 사회적 지위를 남부럽지 않을 만큼 가지게 되었다든가, 그런 성과물이 있겠지요. 하지만 그 모든 것을 가진 사람도 건강하지 않으면 행복하지 않습니다.

100% 모든 조건을 갖춘 행복은 없습니다. 돈이 많으면 건강이 좋지 않고 건강이 좋으면 돈이 부족합니다. 그래서 세상은 공평하다고들 하는가 봅니다.

많이 가진 사람, 높이 올라간 사람을 부러워할 필요는 없습니다. 그 안을 들여다보면 행복하지 않은 고통의 시간이 있기 때문입니다.

나의 행복을 위해 노력하는 사람이 진정으로 행복한 사람입니다. 내가 노력한 만큼 돈을 벌어 내가 좋아하는 음식을 먹고 내가 좋아하는 사람을 만나고 내가 좋아하는 일을 하는 것, 그것이 가장 평범하게 행복한 일입니다. 내가 행복해야 내가 사는 세상도 행복합니다.

행복은 공짜로 얻는 것이 아니라 내가 만들어가는 것입니다.

이 순간 나를 위해 웃으며 소중한 시간을 보내세요. 나에게 성실하고 나를 사랑하며 때로는 나를 비판도 해가며 나를 위로하고 배려하는 시간을 가지세요.

오로지 나를 위해 시간을 투자하는 오늘이 되세요. 그러면 다른 사람도 사랑하게 되고 다른 사람의 행동도 이해하게 될 테니까요. 함께 웃을 수 있는 날들이 많아질 테니까요.

작은 실천이 행복을 부릅니다.

잘 산다는 것은

자기만의 독특한 향을 지니고 노란색, 빨간색, 보라색, 흰색 등 다양한 색깔을 가진 수많은 꽃도 치열하게 좁은 잎맥을 뚫고 나와야 꽃을 피울 수 있습니다.

그들도 처음부터 이름을 가지고 태어나지 않았습니다. 홀로 수없이 스스로 피고 지기를 반복하면서 아름다운 자태에 반한 사람들이 장미, 개나리, 튤립, 목련이라는 이름을 지어주었습니다.

삶도 마찬가지입니다. 내 의지대로 태어나지는 않았지만 어떤 선택의 인생을 사느냐에 따라 선택받는 사람이 되기도 하고 선택받지 못하는 사람이 되기도 합니다.

일에도 때가 있습니다. 스무 살에는 꿈을 여러 번 바꿀 수 있지만 마흔이 넘으면 함부로 꿈을 바꿀 수도 없습니다. 어떤 일을 하든 때가 있다는 말입니다. 타이밍을 놓치면 지나간 기회는 다시 오지 않습니다.

인생을 바둑판에 비유하는 사람이 많습니다. 내 맘대로 바둑알을 움직일 수는 있지만 아무도 그 결과를 예측할 수 없기 때문입니다.

'Time and tide wait for no man'이라는 말이 있습니다. 시간은

사람을 기다려주지 않는다는 말입니다. 누구나 하루 24시간 동안 자신의 행복한 삶을 위해 치열하게 살아가지만 철저한 계획과 지속적인 행동 여부에 따라 승패가 결정됩니다. 선택받고 못 받고는 순전히 나의 능력에 달렸습니다.

일을 하지 않고 거리를 배회하며 구걸하는 사람을 거지라고 합니다. 거리를 배회하는 걸인도 행복하던 때가 있었습니다. 그러나 잠시 실패의 늪에서 방황하다가 포기했기 때문에 지금 그런 처지가 된 것입니다.

우리도 방심하면 노숙자나 걸인이 됩니다. 거리에서 구걸하고 방황하는 사람만 걸인이 아닙니다. 일을 해서 작은 대가를 받을 수 있는 데도 그렇게 하지 않고 가족에게 손을 벌리고 사회에 요구하는 사람도 걸인입니다. 집에서 놀면서 눈높이만 올려놓고 자존심만 강해서 일을 하지 않는 사람이 걸인이고 노숙자입니다.

그런 존재가 세상에 필요 없는 잉여인간입니다. 그렇게 사는 것은 삶의 의미도 없을 뿐만 아니라 생각 없이 주린 배만 채우는 동물과 마찬가지입니다.

사람은 일을 할 때 생기가 돌고 행복을 느낍니다. 일을 하고 그 일에 대한 보수를 받는 데서 성취감도 느낍니다.

생명은 소중합니다. 그리고 그 어떤 생명이든 행복할 권리가 있습니다. 그 권리 또한 남이 무작정 가져다주는 것이 아닙니다. 내가 찾고 노력해야 내 것이 됩니다. 오늘 이 순간 내가 할 수 있는 일을 찾아

몰입을 하면 행복의 주인이 됩니다.

오늘을 보람 있게 사는 것, 그래서 행복을 지켜내는 것이 먼 훗날 그대 인생을 최고로 만듭니다.

어제라는 존재는 나를 기억하고 있고, 오늘이라는 존재는 나를 바라보고 있고, 내일이라는 존재는 나를 기다리고 있습니다. 그냥, 이 순간을 즐기세요. 그것이 잘 사는 방법입니다.

그리고 잊지 마세요. 내 삶의 마지막 쉼표와 마침표를 정확히 찍는 순간까지 최선을 다하겠노라 다짐하는 것을.

오늘이 행복하면 내일도 행복할 확률이 높습니다. 이 순간을 놓치면 행복은 다른 곳으로 날아가버립니다.

행복, 쇼윈도 삶을 살지 않는 것

12월의 새벽공기가 차갑습니다. 작업하다가 우연히 라디오를 켰는데 장기하씨 노래 '싸구려 커피'가 흘러나옵니다. 88만 원 세대의 아픈 마음을 대변하는 듯한 가사에 문득 슬퍼집니다.
오죽하면 '젊어서 고생은 사서도 한다'는 옛말이 있을까요! 지금은 뒤엉킨 손금을 보듯이 앞길이 보이지 않더라도 천천히 순리대로 풀면 고단한 현실이 아름다운 추억이 됩니다.
유명해진 사람치고 아픈 과거가 없는 사람은 없습니다. 고통의 시간을 잘 견디며 포기하지 않고 넘어지면 다시 일어나 오뚝이처럼 도전했기 때문에 편안한 오늘이 있는 것입니다.
인생 그거, 별것 아닙니다. 살다 보면 300원짜리 자판기 커피를 뽑아 마실 때도 있고 홍대 앞 근사한 카페에서 핸드 드립 커피를 마시는 날도 있습니다.
나는 지금도 길거리에서 뽑는 자판기 커피를 참 좋아합니다. 마치 추억의 순간을 기억해내는 마법의 커피 같다는 생각을 합니다. 한밤중에 작업을 하다가도 자판기 커피가 마시고 싶을 때는 달려나가 뽑아 마시곤 합니다.

나는 중학교 때까지 성적이 좋지 못한 학생이었습니다. 중학교 3학때 장래 희망을 '의사'라고 적었는데 그때 담임선생님이 화도 안 내시고 좋은 직업이니 열심히 공부하면 "꿈은 이루어진다"고 하셨습니다. 선생님의 한마디가 참으로 용기가 되었던 것입니다.

영어선생님으로 아이들과 오래도록 지냈지만 더 이상 내가 아이들의 마음을 받아줄 수가 없는 때가 오고, 아이들이 내 마음을 이해해 줄 수 없는 시기, 교사로서의 터닝 포인트가 내게도 왔고 난 미련 없이 학교를 그만두었습니다. 교사와 시인의 생활을 함께하다가 결국 하나를 접기로 한 것입니다.

이렇게 흔들리고 방황하는 영혼을 위로하는 시인으로 살고 있지만 나 자신을 위로하지는 못하고 있습니다. 여전히 끊임없이 나를 채찍질하며 또 다른 도전을 하며 길 위에 있습니다.

직업에 있어 좋은 직업, 나쁜 직업은 없습니다. 하지만 내가 해야 할 일이 있고 남이 해야 할 일이 있습니다. 내가 할 수 없는 일을 내가 하려고 할 때 남에게 보여주기 위한 삶을 살려고 할 때 그건 욕심이 되고 나를 힘들게 합니다. 그리고 내가 해야 할 일을 내가 하지 않고 남에게 미루어도 책임 회피가 되어 원망으로 돌아옵니다.

내가 할 일, 내가 할 수 없는 일을 정확히 판단하여 선택하는 것이 삶에 있어 가장 중요합니다. 지금 하고 있는 일이 최고의 일이라 생각하고 최선을 다해 일하면 돈도, 명예도, 그리고 행복도 따라옵니다.

보여주기 위한 쇼윈도 삶을 살지 않는 것, 그것이 바로 내 삶의 행복입니다.

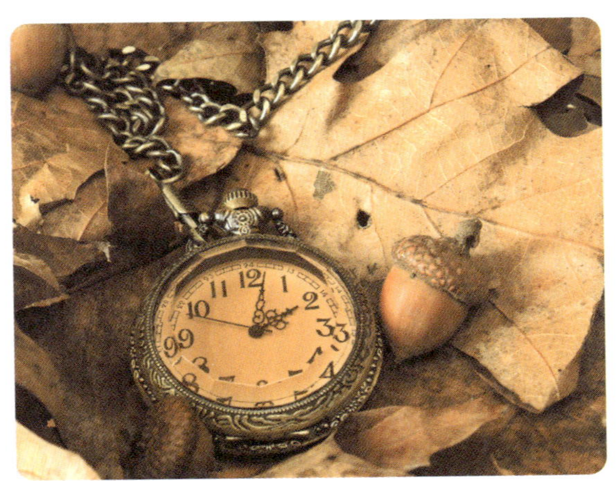

세상의 모든 일에는 기다림이 필요합니다
늦었다고 머뭇거리거나 포기하지 말고 시작하세요

삶의 시계

인생에 있어 늦은 나이는 없습니다. 늦었다고 생각할 때가 기회입니다. 생각만 해서는 기회가 성공으로 이어지지 않습니다. 생각 후에는 실천이라는 행동이 따라야 합니다.

지나온 삶을 돌아보세요. 나는 얼마나 생각만 하고 살았는지. 그리고 얼마나 그 생각을 실천에 옮겼는지. 그 물음에 대한 답에 따라 현재 삶이 행복한가, 행복하지 않은가가 존재합니다. 오늘 이 순간 나를 변화시킬 수는 있지만 지나간 시간을 되돌릴 수는 없습니다.

그 어떤 생각이든 '할 수 있다'는 자신감에 대한 확실한 믿음이 없으면 행동으로 이어지지 않고 행동으로 이어진다고 해도 성공할 수가 없습니다. 내가 나를 믿고 전폭적으로 지지를 할 때 실천하는 과정도 행복하고 자신감도 생겨 목표를 이룰 수가 있습니다.

실천에 있어 늦은 나이는 없습니다. 한국문학의 어머니라고 하는 박완서 선생도 마흔이라는 나이에 등단을 하고 삶의 마침표를 찍는 순간까지 글쓰기를 멈추지 않았습니다.

나에게도 힘든 순간이 있었습니다. 시인과 교사생활을 병행하면서 현실과 이상에서 방황하다가 학교를 그만둔 후 10년을 스스로를 감금시킨 채 글을 쓰며 시간을 가졌습니다. 지금까지 열 권의 책을 냈지만 늘 두려움과 의심으로 힘들었습니다.

'이번 책이 사랑받지 못하면 어쩌지?'

작가에게는 걱정과 두려움이 현실로 연결되기 때문에 책 한 권으로도 사랑받는 작가가 되거나 주저앉는 작가가 되지요.

다행히 성격이 지극히 낙천적이고 긍정적이라 두려움을 잘 극복합니다. 청탁을 받고 또 다른 원고에 몰입하는 순간 욕심으로, 두려움으로 가득 차 있던 마음이 비워집니다. 마음이 비워지면 편안해집니다.

비운다는 것은 마음과 몸에 날개를 다는 것입니다. 몸과 마음이 가벼워지니 어디로든 갈 수가 있습니다.

무엇을 창조한다는 것은 몸과 마음이 편안하고 가벼워야 가능합니다. 글이 써지지 않거나 걱정이 밀려오면 그대로 놓아두고 잠시 물러나 사색의 시간을 갖습니다. 적당한 시간이 흐른 후에 다시 최상의 몰입의 순간을 안습니다.

어떤 일을 하든 조급하게 서둘면 일이 더 엉망이 됩니다. 늘 경험하지만 마트에 가서도 급한 마음을 가지고 있으면 더딘 계산대 앞에 줄을 서게 됩니다.

마음에 여유가 없으면 몸과 행동이 따로 놉니다. 다시 말해서 급하게 서두를수록 싫어하는 일이 일어날 확률이 높다는 말입니다.

뱃속의 아이도 열 달이 지나야 세상에 나오듯이 세상의 모든 일에는 기다림이 필요합니다.

시간의 흐름이 내 눈과 귀, 입과 몸 전체 그리고 마음까지 진정한 어른으로 만들어놓습니다. 산처럼 높고 바다처럼 깊은 삶의 성숙을 안겨줍니다. 아름다운 삶의 완성이 없다면 기다림의 미학도 존재하지 않습니다.

아무리 힘들어도 삶을 지탱할 수 있는 이유는 기다림 너머에는 행복이 있을 거라는 확신 때문입니다. 자신의 일을 좋아하고 믿으며 즐기면서 할 때 성취감은 최고가 되고 좋은 작품도 나옵니다.

직업에는 귀천이 없습니다. 내가 좋아하는 일이라면 그래서 즐기면서 할 수만 있다면 그것이 남에게는 좋은 직업이 아니라도 나에게는 좋은 직업이 되는 것입니다.

내 삶은 남의 것이 아니라 내가 운전하는 나의 것입니다. 내가 원하는 것을 이루기 위해 꾸준히 노력하는 사람에게는 멈춰야 하는 빨간 신호등이라는 장애물이 두렵지가 않습니다. 장애물이 있더라도 장애물을 넘어설 수 있는 용기가 있으니까요.

늦었다고 머뭇거리거나 포기하지 말고 시작하세요. 그대의 인생 시계가 멈추지 않는 한 시작은 계속됩니다. 자신을 믿고 남은 열정을 불태워보세요. 노력한 만큼 시작의 끝은 웃음이 되고 기다림의 끝은 행복한 삶의 완성이 됩니다.

준비하고 연습하는 삶

인생은 게임입니다. 특히 야구게임이라고 생각합니다. 그 이유는 9회말 경기가 끝나기 전까지 기회는 늘 있고 승패도 알 수 없기 때문이지요.

인생 또한 청춘이든 중년이든 노년이든 삶의 시계가 멈추지 않는 한 항상 기회는 있습니다.

야구는 승패를 떠나 경기가 재미있어야 보는 사람도 선수도 즐겁습니다. 인생도 마찬가지입니다. 오늘을 즐기면서 살아야 내일도 즐거울 거라는 희망이 있고 삶이 즐거워집니다.

아무리 최고의 투수도 항상 자신의 의지대로 볼을 던질 수 없듯이 인생도 마찬가지입니다. 노력만으로 안 되는 일도 있고 가끔씩 인생이라는 길을 걷다가 도랑에 빠지거나 턱에 걸려 실수로 넘어지기도 합니다. 물론 실수가 습관이 되어서는 안 되겠지만 한두 번의 실수는 경험이 되어 성공하는 데 힘이 됩니다.

태양과 바람을 끌어안은 바닷물도 일정 시간을 기다려야 첫 소금을 얻을 수 있고 그 소금을 다시 햇빛에 내어 말리기를 수십 번을 해야 천일염을 얻듯이 치열하게 노력하지 않으면 행복한 삶을 살 수가 없습니다.

때로는 스트라이크 아웃을 당해 쓰러져도 웃으며 툭툭 털고 일어날 수 있는 용기를 가져야 합니다. 과정이 힘들어도 9회말에 웃을 수 있다면 그것이 진정한 승자입니다.

당신의 인생은 지금 몇 회에서 웃고 웃나요?

지금 웃고 있다면 곧 울 준비도 하세요. 울고 있다면 웃을 날을 기다리며 준비하세요. 준비하지 않는 삶, 연습하지 않는 삶보다 준비하고 연습하는 삶이 더 행복합니다.

행복을 주는 사람

떠오르는 태양을 보며 희망을 열고, 지는 해를 바라보며 하루를 반성합니다.
매일 착한 척하면서도 악하고 악한 척하면서도 착한, 누군가를 사랑하면서도 그 사랑을 두려워하는 모순된 존재가 사람입니다.
우리는 자연과 함께 하루를 열고 닫지만 살다 보면 나를 가장 행복하게 하는 것도, 가장 슬프게 하는 것도 결국은 사람이라는 것을 압니다. 그 사람 때문에 행복하고, 그 사람 때문에 슬퍼하는 일들이 어쩌면 사랑인지도 모릅니다.
하지만 우리는 가끔 바쁘다는 핑계로, 피곤하다는 핑계로, 힘들다는 핑계로, 그 사람의 존재를 종종 잊어버립니다. 그렇게 잊는 일이 반복될수록 우리의 삶은 고단해지고 삭막해집니다.
고흐는 얼마나 사는 것이 힘들었으면 살아 있는 자체가 고통이라고 말했습니다. 사람답게 사는 것이 정말로 힘이 들 때는 사람 때문에 행복했던 그 순간을 기억하세요. 친구도 좋고 사랑하는 사람도 좋고 누구든 좋으니 그들 때문에 아름다웠던 시간의 기억을 끄집어내세요. 잃어버린 시간을 찾아보세요.

아마도 과거와 현실의 경계가 무너지는, 그래서 가슴속에 묻어둔 그리움이 깊은 숨을 몰아쉬며 내게 말을 걸어올지도 모릅니다. 지독하게 그리웠다고 그래서 치열하게 기다렸노라고…….

그런 좋은 날이 온다면 나를 행복하게 해준 그 사람에게 감사해보세요. 한 조각의 초콜릿을 먹은 것처럼, 한 송이의 백합을 받은 것처럼 기분이 좋아집니다.

오늘 나에게 기쁨을 준 그래서 나를 잠시 행복하게 해준 그 사람에게 고맙다는 말을 꼭 하세요. 그러면 기쁨과 행복은 바이러스처럼 다른 누군가에게 전해질 테니까요. 감사도 사랑처럼 하면 할수록 행복해지니까요.

눈부시게 아름다운 것들을 찾아 감사하고 느껴보세요. 오늘 그대는 세상에서 가장 행복한 사람이 될 거예요.

예술에 대한 가치

많은 작가들처럼 나도 책의 숲속에서 오랜 시간을 보냈습니다.

낯가림이 심하고 지극히 내성적인 성격 때문에 중·고등학교 때부터 어딘가에 틀어박혀 닥치는 대로 책을 읽었습니다. 친척 집이나 친구 집에 갈 때에도 책을 들고 다녔고 또 그곳에서 책을 빌려와 때로는 밤을 새며 읽었습니다. 만화부터 그림, 음악, 철학, 종교 그리고 문학전집까지 예술 속 주인공들을 만나 대화를 나눴지요. 친구를 만나는 시간에도 나는 책을 읽었고 쇼핑을 하는 시간에도 책을 읽었습니다.

선생님으로 10년을 살면서도, 의원님의 연설문을 작성하면서도 많은 시간을 책을 읽는 데 투자했습니다. 작가가 되기 위해서가 아니라, 시인이 되기 위해서가 아니라, 그냥 책을 읽고 싶었습니다. 책을 읽는 동안 행복했기 때문입니다. 그 결과 나는 학생을 가르치는 선생님이, 영혼을 울리는 시인이 되었습니다.

선생님을 하는 것보다도, 의원님의 연설문을 쓰는 것보다도, 남을 위해 글을 써주는 것보다도, 나의 글을 쓰는 순간이 가장 행복했습니다.

내가 좋아하는 괴테도, 고흐도, 모딜리아니도, 쇼팽도 치열한 삶을 살았던 사람들입니다.

자신의 그림이 아픈 영혼을 위로해주기를 원했던 고흐는 가난 때문에 동생에게 돈을 빌리면서 돈을 갚지 못하면 "내 영혼이라도 주겠다"고 말합니다. 그의 진실된 고백은 진정한 예술가의 모습이 아닐까 하는 생각이 듭니다. 삶의 단상을 있는 그대로 작품으로 고백해두었기에 그들의 작품은 내 영혼을 흔들기에 충분했습니다.

고등학교 2학년 때 읽은 루이제 린저의 "생의 한가운데"와 괴테의 "젊은 베르테르의 슬픔"이 내 운명을 바꾸어놓았습니다. 한때는 루이제 린저, 괴테에 빠져 소설 속의 주인공을 사랑하기도 했습니다.

책 속에서 삶의 이정표를 찾을 수 있고 책 속의 한 마디가 나에게 용기를 주고 힘을 주기도 합니다. 살아가는 데 필요한 수액이 책 속에 다 있습니다. 감동과 기쁨, 사랑과 희망을 만날 수가 있습니다.

책이 인생의 연인이고 친구이고 동반자입니다. 책 속에서 지식을 얻고 훌륭한 예술가와 만납니다. 그래서 누구든 마음이 아프고 괴로울 때, 슬프고 절망스러울 때, 사랑을 잃었거나 시작할 때, 꿈과 희망이 필요할 때, 한 줄의 글을 읽는 것만으로도 힘과 용기를 얻을 수 있습니다. 그 순간 책은 맑고 청량한 오아시스가 됩니다. 그러다 보면 우리 사이에 마음과 마음이 만나고, 영혼과 영혼이 소통하여 내가 찾는 아름다운 삶의 행복을 만나는 기적이 일어납니다.

내가 찾는 내 인생의 삶의 기적은 나에 의해 완성됩니다.

그대의 삶의 기적, 정답은 책 속에 있습니다. 지금 마음이 우울하다면, 2% 뭔가 부족하다면 지식을 찾아 책 속으로 여행을 떠나세요. 그 속에 내가 찾는 정답이 있습니다.

스페셜리스트

세상이 점점 더 다양해지고 복잡해지면서 전문가들이 활약하는 시대가 되었습니다.
억겁의 세월 속에서 인간이 만든 것들은 끊임없이 변하고 진화하고 있습니다. 섬광과 같은 속도로 도넛을 만들어내는 '생활의 달인'부터 세계의 석학들이 모이는 아이비리그 출신의 박사님까지 삶의 전문가, 즉 '스페셜리스트Specialist'는 누구나 될 수 있습니다. 내가 가진 지식이나 경험을 토대로 '스페셜리스트'가 되어 꿈을 펼친다면 삶의 의미는 최고가 됩니다. "작은 부자 사람이 만들고, 큰 부자 하늘에서 낸다"고 했습니다. 한 번 사는 이 삶의 주인공으로 부자도 되고 성공도 하는 것이 삶의 최대 목표일 것입니다.
1%의 스페셜리스트에 들어가기 위해서는 99%의 나의 노력과 능력이 필요합니다. 나머지 1%는 하늘의 도움입니다.
옛말에 "나무를 보지 말고 숲을 보라"는 말이 있습니다. 작은 것에 연연하지 말고 큰 것을 보라는 의미지만, 숲은 하나하나의 나무가 모여 이뤄내는 군락입니다. 하나하나의 나무가 썩거나 죽지 않고 살아갈 때 숲은 유지됩니다. 결국, 숲의 가치는 나무 한 그루의 가치에서 비롯된다는 말입니다. 한 그루의 나무를 살피며 숲을 바라본다면 내가 사랑하는 삶의 완성을 반드시 만나게 됩니다.

며칠 전에 장흥 장터를 다녀왔습니다. 세상에서 가장 아름다운 불을 지피고 조심스럽게 불 조절을 하며 뻥튀기 기계에서 눈을 떼지 않고 기계를 만지시는 할아버지의 애틋한 기다림 후에 맛있는 뻥튀기가 쏟아져나옵니다. 평생을 바쳐서 하셨기에 색깔도 곱고 모양도 예쁘고 맛도 좋은 뻥튀기입니다. 지나가는 사람에게는 할아버지의 뻥튀기가 평범한 과자일지 모르나 할아버지에게는 세상에서 가장 맛있는 과자입니다.

최고가 되려고 노력하는 사람은 하지 않는 사람보다 훨씬 아름답고 최고가 되기도 쉽습니다. 일도 잘하고 돈도 많고 노래도 잘하고 춤도 잘 추고 옷도 잘 입고 성격도 좋고 그런 사람이 얼마나 많겠습니까? 그런 사람은 1%에 불과합니다.

하지만 '스페셜리스트'가 되기 위해서 노력하는 사람은 숫자로 셀 수 없을 만큼 엄청 많습니다. '스페셜리스트'는 아무나 되지 않습니다. 아무리 아이비리그 출신 박사라 해도, 시골 대청마루에 선풍기를 틀어놓고 수박을 먹으며 '농학개론'을 읊조리며 논에 발 한 번 담그지 않은 채 "내가 농사를 지으면 잘할 거야"라고 말을 해도 경험한 사람의 노하우를 따라갈 수는 없습니다.

최고의 '인생학개론'을 강의하는 사람도 내 삶을 대신 개척하고 살아줄 수는 없습니다. 이론만으로 움직이지 않는 것이 세상살이입니다. 나의 의지, 용기, 도전, 믿음, 건강, 그리고 주변의 도움이 받쳐줘야 최고가 될 수 있습니다.

행복은 저 혼자 오지 않는다는 말이 있듯이 내 인생의 행복한 완성은 어제의 나와 그들, 오늘의 나와 그들의 어울림의 결과입니다.

가장 중요한 마지막 한 바가지의 마중물이 되는 역할은 나 자신이라는 것을 잊어서는 안 됩니다. 가만히 앉아서 '스페셜리스트'가 되지는 않습니다. 남보다 열 배로 열심히 일하고, 공부해야 합니다.

물론 최고가 되어도 반드시 행복한 것은 아닙니다. 지금 최고가 된 사람에게 행복하냐고 물으면 가장 힘들었지만 최고가 되기 위해 땀 흘리며 노력한 그때를 가장 행복한 순간이라고 말하는 사람이 많습니다. 행복은 노력하는 과정에서 느끼는 성취감, 만족이기 때문입니다. '스페셜리스트'에 목숨 걸며 살지 말고 '스페셜리스트'를 향해 현재를 즐기면서 사는 것이 정답입니다.

최고를 향해 달리세요. 노력은 오늘의 몫이고 결과는 내일의 몫입니다.

푸른 희망은 어디에 있을까요

희망이라는 단어를 떠올릴 때마다 오래전에 본 영화 '쇼생크 탈출'의 장면이 생각납니다.
아내를 살인했다는 억울한 누명을 쓰고 종신형을 선고받은 주인공이 교도소에서 탈출해야겠다는 희망을 안고 초인적인 인내를 발휘합니다. 힘들 때는 모차르트를 친구 삼아 음악을 들으며 파란 바다를 꿈꾸며 긍정적으로 노력하며 행동하지요. 천둥이 치고 비가 오는 날을 택해 쇳덩어리로 된 하수구 파이프를 돌로 뚫고 탈출에 성공, 결국 자유를 찾습니다.
우리가 지나가는 길도 처음에는 없었습니다. 누군가의 발자취에 의해 길이 만들어진 것처럼, 희망 또한 꿈꾸는 사람이 만들어놓은 선물입니다.
마음속에 희망을 키워가는 것, 그것을 스스로 느끼며 하루를 산다는 것, 그리고 곁에서 희망을 키우는 사람을 지켜보는 것만큼 행복한 일이 있을까요? 아마도 희망이 없다면 죽은 목숨이나 다름없을 겁니다. 희망은 사람을 웃게 하고 꿈꾸게 하고 그 무엇인가를 기다리게 하니까요.

가장 중요한 것은 벼랑 끝 삶 속에서도 포기하지 않고 희망을 찾아 최선을 다하는 그 모습이 아닌가 합니다.

희망도 마찬가지입니다. 희망을 찾아 푸른 바다 위로 떠오르는 붉은 태양을 보며 새해의 소망을 기도하는 것처럼 희망이 있다고 그리고 이루어진다고 확신하며 행동하는 사람에게만 희망은 존재합니다.

희망은 눈에 보이지도 손에 잡히지도 않지만 희망을 이루기 위해 열심히 계획하고 실천하는 사람에게는 보이기도 하고 잡히기도 합니다. 희망은 늘 내 안에 있으니까요. 내 안에 있는 희망을 밖으로 끄집어내어 온전한 내 것으로 만드는 사람이 희망의 주인이 됩니다.

희망은 모든 사람을 위한 선물이 아니라 꿈꾸는 사람에게만 찾아가는 유일한 선물입니다.

Part 6

Paradise is where I am

사색에 대한 예의

내가 있는 곳이 낙원이라

볼테르

희망을 잃으면 행복을 잃은 것이고
희망을 찾으면 행복을 얻는 것입니다

꿈에 대한 사색 1

인순이의 노래 '거위의 꿈'에서 '난 꿈이 있어요'라고 하는데 거위의 꿈은 날고 싶은 것이 아닐까 생각됩니다. 영화 '치킨 런'에 보면 닭들이 날아보려고 애를 쓰는 장면 또한 날고 싶은 꿈을 말해줍니다.

사람들은 누구나 꿈이 있습니다. 꿈을 갖는다는 것은 삶의 도전을 의미하는 것이고 행동을 통해 꿈을 이루려고 노력하게 됩니다.

이 세상에 그려보고 싶은 꿈이 있는 한 외롭지 않습니다. 처음에는 앞이 보이지 않을 수도 있고 주위에 아무도 없을지도 모릅니다.

시인인 나도 처음에는 없는 길을 만들며 여기까지 왔습니다. 혼자서 외롭게 걷다가 친구를 만나고, 연인을 만나고, 지금도 여행을 계속하고 있습니다. 남의 길을 선택하여 걷던 적도 있고 길을 잘못 들어 해맨 적도 있지만 돌아보니 남의 길을 걸었던 것도, 잘못된 길을 밟았던 것도 살아가는 데 큰 재산임을 알게 되었습니다. 그리고 내 선택이 참으로 좋았다는 것을 알게 되었습니다.

물론 모든 일은 생각처럼 잘 되지 않습니다. '될 사람은 조금 늦게 시작해도 되고, 안 될 사람은 아무리 일찍 시작해도 안 된다'라는 교훈도 있지만 하늘이 내려준다는 대통령 또는 최고의 부자가 되는 것을 제외하고는 보통 사람이 바라는 평범한 꿈은 노력하면 이루어집니다.
세상이 허락한 것들 속에서 나를 낮추며 상대방을 포용하며 사는 것이 삶의 방법입니다.
희망을 잃으면 행복을 포기한 것이고 희망을 가지면 행복을 얻는 것입니다.
꿈을 가지세요. 꿈을 갖지 않는 한 원하는 것은 이루어지지 않습니다.
시작은 내일도 모레도 아닌 지금 '이 순간'입니다.

꿈에 대한 사색 2

꿈이라는 존재는 한곳에 머무르지 않습니다.

되고 싶은 것이 있다면 지금 당장 그것을 위한 무언가를 실천해야 합니다.

지금 있는 그 자리, 지금 이 순간이 최고를 만드는 축복의 순간입니다. 주어진 환경을 모두 받아들이면서 이겨내세요. 실천하다 보면 비록 많이 배우지 않아도 익숙해집니다.

하고 싶은 일이라면, 포기하지 않고 열심히 하다 보면 어느 새 전문가가 되어 있을 것입니다. 의지와 노력 그리고 '할 수 있다'는 확신을 가진다면 원하는 것은 이루어집니다. 태어나고 죽는 것, 시간을 되돌리는 것 등등 몇 가지를 빼고는 노력하면 다 이루어집니다.

하고 싶은 그 '일을 하세요.'

안 될 거라는 두려움을 버리고 먼저 계획을 세우세요. 그리고 행동에 옮기세요. 실패를 거듭하더라도 다시 도전하세요. 포기하지 않으면 끝이 있습니다. 완벽한 성공은 아니더라도 성취감과 만족을 느낄 것입니다. 좋아하는 일이라면 실패하더라도 과정 또한 즐거울 테니까요. 마치 철저하게 자기 내면을 삭혀야 깊은 맛을 내는 매실차처럼…….

아마도 생애 가장 아름다운 날은 첫 꿈을 위해 온전히 나를 바쳐 그 꿈을 이룬 날이 아닌가 싶습니다.

짧은 봄날의 따뜻한 해후처럼 몸도 마음도 행복한 내 인생의 화려한 봄날은 길지 않다는 것을, 그래서 더 그립고 애틋하다는 것을, 이제야 느껴봅니다.

꿈에 대한 사색 3

꿈이 없는 인생은 희망이 없습니다.
이룰 수 있는 꿈을 꾸는 사람에게는 그리고 행동으로 실천하는 사람에게는 반드시 좋은 결과가 찾아옵니다.
성공은 꿈을 꾸는 자에게 그리고 꿈을 향해 도전하는 사람에게 찾아갑니다.
꿈꾸는 사람에게는 '불가능'이라는 말은 없습니다.
항상 긍정적으로 도전하고 실천하세요.
비록 오늘 실패하고 내일 실패하더라도 끝없이 도전하고 행동하다 보면 모레에는 반드시 꿈이 이루어지게 되어 있습니다.

꿈에 대한 사색 4

꿈은 기다림입니다. 기다림은 마음의 고단함을 이기는 힘입니다.
삶이 힘들고 어려울 때, 우리는 이전의 좋았고 아름다웠던 시절을 생각합니다. 추억의 사진첩에 저장된 과거의 얼굴은 언제나 우리를 미소 짓게 만듭니다. 사랑의 기적을 살려주고 아름다운 꿈을 떠올려 주며 인생의 기쁨을 찾아줍니다.
삶이라는 익숙함과 새로움이 밀물과 썰물이 되어 인생이라는 큰 바다를 만듭니다. 때로는 익숙함이 나를 편안하게 해주고, 때로는 새로움이 내 마음을 설레게 합니다. 그것들이 융합되어 어제와 조금 다른 오늘을 만듭니다.
꿈을 가지세요. 꿈은 이루어질 수 있는 나의 행복한 미래를 말합니다. 꿈을 이루는 것이 성공하는 것이고 성공의 지름길은 다른 사람들이 가지 않은 길을 가는 것입니다. 인생에 있어 남의 발자국만 따라가는 사람은 절대로 자신의 발자국을 남길 수가 없습니다. 들러리 인생을 살 뿐입니다.
다른 사람보다 더 많이 생각하고 행동에 옮기세요. 그러면 누구보다도 더 많은 성공의 기회를 얻을 수 있습니다.

기회는 때가 되면 알아서 나를 찾아와주지 않습니다. 내가 적극적인 마음을 가지고 더 많이 관찰하고 모험해야만 기회의 주인이 될 수 있습니다.

시간을 거꾸로 돌리는 것 빼고는 이 세상에 해내지 못할 일은 없습니다.

어제의 꿈은 오늘의 희망이 되고 그 희망이 내일은 현실이 됩니다.

열정과 신념만이 꿈을 이룹니다.

꿈을 향해 멋진 출발을 하세요.

지금 꿈이 그대를 기다립니다.

습관에 대한 사색

생각이 모여 행동이 되고 같은 행동이 반복되면 습관이 됩니다. 이해할 수 없는 습관이 고정되면 고집이 됩니다.

학교에서 사회에서 가정에서 보고 배우고 경험한 것들이 굳어져 나의 성격이 되고 나의 문화가 됩니다.

보편적인 문화가 아니라 나만을 위한 토착화된 문화라면 가족이나 회사 동료들과 소통하기 어렵습니다. 소통의 부재는 '대화 거부'로 나타납니다. 가족과도 대화가 없어지고 직장에서도 말없이 지내게 됩니다. 나를 찾는 사람, 나를 필요로 하는 직장이 있어야 삶의 만족을 느낄 수 있습니다. 대화가 없는 가정, 소통이 없는 회사는 죽은 가정, 죽은 회사입니다.

연꽃은 진흙 속에 살면서도 진흙에 더렵혀지지 않듯이, 흐르는 강물도 바다에 들어가면 짠맛이 나듯이, 나도 세상 속으로 들어가야 진정한 나를 찾을 수 있습니다. '나만을 위한 습관'을 '함께하는 습관'으로 바꿔나갈 때 가족도, 직장도 행복하게 되고 결국 나 자신이 행복해집니다.

사람은 습관의 지배를 받는 동물입니다. 오늘 노력하면 내일의 결과는 좋을 것입니다.
나의 삶이 고독하거나 고립됐다고 느껴질 때는 나와 마주하고 있는 사람, 내가 살아온 것과는 다르게 사는 사람들처럼 생각하고 행동하고 느껴보세요. 그러면 고정된 나의 나쁜 습관을 바꿀 수 있습니다. 이 세상에 태어나면서부터 나쁜 행동, 좋은 행동을 가진 사람은 없으니까요.
늦었다고 생각하지 말고 작은 것부터 당장 시작해보세요. 스커트만 입었다면 바지도 입어보고 집 밥만 고집하지 말고, 3천 원짜리 편의점 도시락도 먹어보고, 단 한 번도 지각을 하지 않았다면 오늘 하루는 5분쯤 늦게 출근해보세요. 그러면 내 반대편의 사람의 행동도 이해가 되고 소통도 자연스럽게 이루어질 것입니다.
상대편의 입장이 되어보세요. 그러면 고정된 습관도 고정된 생각도 달라집니다. 작은 변화가 모여 혁신이 되니까요. 삶이 멈추지 않는 한 인생에 있어 늦은 때는 없으니까요.
새 바람을 만드세요. 그러면 인생이 달라집니다.

경험에 대한 사색

이론의 달인보다는 산 경험 속에서 성공한 사람이 실패한 사람들, 현재 힘들어하는 사람들에게 훌륭한 멘토가 됩니다.

삶에 있어 나쁜 경험, 좋은 경험은 없습니다. 때로는 하고 싶지 않은 경험이 약이 되고 하고 싶은 경험이 독이 되기도 하니까요. 필기시험에 합격하고도 면접에서 탈락한 취업준비생은 다음 시험에는 떨어지지 않기 위해서 준비를 하고, 아파본 사람은 더 이상 아프지 않기 위해서 준비를 하고, 돈을 잃어본 사람은 두 번 다시 실수를 하지 않기 위해 또 조심을 하니까요.

아프지 않고 물건을 잃어버리지 않고 시험 볼 때마다 합격하는, 모든 것이 뜻대로 완벽하게 이루어지는 삶을 사는 사람은 없습니다. 불완전한 삶을 완전한 삶으로 만들어가는 사람이 행복한 사람입니다.

자신감이 부족한 사람일수록 의지도 약하고 '할 수 없다, 하기 싫다'는 생각을 많이 하기 때문에 바라지 않는 나쁜 일이 많이 일어나게 됩니다.

자신감을 갖는다고 해서 반드시 성공하지는 않습니다. 실패하는 사람도 많습니다. 하지만 실패에도 포기하지 않고 다시 재도전하기 때문에 나중에는 결과가 좋습니다. 준비된 이론에 실천하는 힘이 중요합니다.

이 세상에 태어난 모든 사람은 태어날 가치가 있고 필요한 존재들입니다.

누구든지 한 가지씩 능력을 가지고 태어납니다. 그런데 자신의 능력이 무엇인지 모르고 살기 때문에 성공하지 못하는 것입니다.

삶에 있어 원하는 것을 이루어낸 일들 중 90%는 '할 수 있다'는 자신감과 철저한 행동의 결과입니다. 성공한 사람 대부분은 자기의 능력을 발견해내고 꾸준히 도전하기 때문에 성공하는 것입니다.

한 번 성공하면 자신감에도 가속도가 붙어 언덕을 굴러가는 눈덩이처럼 성공의 위력이 커져갑니다. 성공은 또 다른 성공을 불러온다는 의미입니다.

성공의 기적은 깊은 생각과 자신감에서 나오는 실천의 힘입니다.

강요에 대한 사색

한평생을 살아도 삶의 신비를 전부 알 수는 없습니다. 삶에 대한 사용 규칙이나 설명서가 없기 때문입니다. 그래서 정답도 없습니다. 삶의 오르막과 내리막을 경험하면서 나름대로 정답을 알아갈 뿐입니다.

억지로 강요한다고 해서 삶의 목적지에 빨리 도착하는 것은 아닙니다. 하루도 쉬지 않고 일주일을 꼬박 일한다고 치면 언제까지 계속할 수 있을까요? 아마도 얼마 버티지 못할 겁니다. 그래서 일주일에 5일은 일하고 2일은 쉽니다. 생체리듬이 중요하니까요.

일에 대한 압박감이 클수록 스트레스는 많이 받게 되고 스트레스가 많으면 몰입의 시간이 줄어듭니다. 온 힘을 쏟아부어 일을 해야 할 순간에 지쳐버리거나 하기 싫게 됩니다. 강요해서 이루어지는 일은 결과도 좋지 않습니다.

적당한 시간, 적당한 몰입, 적당한 휴식이 삶이라는 여행을 편안하게 이끕니다. 기쁨을 주는 삶의 여행이 일을 하는 데도 휴식을 취하는 데도 시너지 효과를 발생합니다.

어떤 일이든 강요보다는 소망으로 연결될 때 시작도, 과정도, 결과도 좋습니다. 물론 처음의 계획대로 이루어지지 않더라도 내가 꿈꾸는 삶을 찾아가고 있다는 것을 느낍니다. 많이 웃고 많이 울며 많이 경험하되, 강요가 아니라 소망으로 사는 삶이 정답입니다.

충고에 대한 사색

기대만큼 좋은 결과를 갖지 못하면 큰 실망을 합니다. 특히 부모가 자녀에게 거는 기대는 자녀를 힘들게 합니다.

"나는 이미 실패했으니 너라도 잘되어야 하지 않겠니?"

부모가 내뱉는 이런 충고는 도움이 되지 않습니다.

충고는 평등해야 하고 자식이라도 이해할 수 있어야 합니다.

'나는 안 되고 너는 되고'라는 이율배반적인 충고가 사람을 힘들게 합니다. 이해할 수 없는 충고는 반발심만 줍니다.

모든 일은 수평적인 관계에서 진행이 될 때 서로가 부담이 없습니다. 가족이라 해서 수직관계, 상하관계로 요구를 한다면 부담스런 관계가 됩니다. 만족이라는 것은 작은 것에서부터 나오니까요.

자식은 태어나면서 이미 부모에게 삶의 기쁨을 충분히 안겨주었습니다. 너무 많은 것을 기대하거나 요구하지 말고 한 걸음 뒤로 물러나 지켜보는 것이 좋은 방법입니다.

충고나 조언이 약이 될 수도 있지만 강요로 비치면 독이 됩니다.

도움에 대한 사색

내 힘만으로 이루어지는 것은 아무 것도 없습니다. 나무에 뿌리와 줄기와 가지와 잎이 있는 것처럼 어떤 일이든 나와 그리고 주변 사람들의 어울림이 현재의 나를 있게 합니다.

어려움이 오래도록 내 곁에 머물 때 혼자라는 생각을 합니다. 하지만 이 세상의 그 누구도 혼자인 사람은 없습니다. 마음의 문을 활짝 열지 않았기 때문에 혼자라는 생각이 들 뿐입니다. 말을 하지 않으면, 도움을 청하지 않으면 내가 힘든지, 내가 아픈지, 내가 무엇을 원하는지 주변 사람들이 절대 모릅니다.

세상에는 내 힘으로 안 되는 일이 있습니다. 그럴 때는 도움을 청하세요. 가족에게 할 수 없다면 직장동료에게, 그도 여의치 않다면 친구에게 말하세요.

사람에게 말해서도 안 될 때는 신의 힘을 빌리세요. 내가 왜 힘든지, 내가 무엇을 원하는지를 교회나 성당이나 절을 찾아가 말해보세요. 그러면 보이지 않던 출구가 보이게 되고 해결할 수 있는 불빛이 희미하게나마 보입니다. 그것을 잡고 다시 시작하세요.

내가 어디에서 무엇을 하든 내 안의 소리에 의해 움직입니다. 내 안의 소리는 우주의 창시자인 절대자의 힘이라는 것을 잊지 마세요. 힘든 순간은 위기이면서 동시에 새로운 기회입니다. 주저앉은 채 그 누군가 손을 내밀기만 기다리지 말고 간절히 도움을 청하세요.

사랑 또한 순환의 법칙에 따라 움직이는 것입니다. 오늘 힘든 내가 사랑의 도움을 받았다면 내일은 나보다 더 힘든 누군가가 내가 건네는 사랑의 도움을 받습니다. 도움을 받는 것에 비굴해지거나 미안해할 필요는 없습니다. 언젠가 나도 누군가에게 도움을 주기 위해 열심히 살기 때문입니다.

열심히 사는 것, 그래서 도움을 주는 사람이 되는 것이 삶의 빚을 갚는 것입니다. 도움도 당당히 받는 것이 용기입니다.

안나 카레니나 법칙

'안나 카레니나 법칙'이라는 말이 있습니다. 톨스토이의 소설 "안나 카레니나"에서 시작된 말인데 '행복한 가정은 그 이유가 모두 비슷하고 불행한 가정은 이유가 제각기 다르다'라고 나와 있습니다.

주인공 안나 카레니나는 타고난 미모, 부귀, 좋은 가문 등으로 행복의 조건을 모두 갖추고 있지만 의무만을 강요하는 남편에 불만을 느낍니다. 그러다가 새로운 사랑을 시작하지만 상대에 대한 지나친 집착이 결국 그녀를 자살하게 만듭니다.

행복의 조건을 갖추었다고 해서 다 행복하지는 않습니다. 결국 한 가지가 어긋나기 시작하면 불행해질 수도 있다는 말입니다. 행복의 조건을 다 갖고 태어난 사람도 노력하지 않고 성실하게 살지 않는다면 행복은 다른 곳으로 날아가버립니다.

"행복하세요?"라고 누군가 묻는다면 "네, 행복합니다"라고 대답할 수 있는 사람은 많지 않습니다. 행복은 주관적이기 때문입니다.

나는 행복할까요? 그렇다면 몇 점정도 될까요?

어느 설문조사에 의하면 세계인의 평균 행복 지수는 67.5점이고 한국 사람은 63.22점이라고 합니다.

우리가 세계 평균보다 행복하지 않은 까닭은 무엇일까요?
사람들은 소득이나 사회적 지위의 높고 낮음에 따라 행복이 좌우되는 것이 아니라 긍정적인 마음에 따라 행복을 느낀다고 합니다. 평일보다는 주말이 행복하고 낮보다는 밤이 행복하다고 했습니다.
그런데 우리는 지금 하는 일에 만족하지 못하고 의무감으로 일을 한다고 합니다. 지금 하는 일이 즐겁고 나를 행복하게 해주기 때문이 아니라 먹고살기 위해서 일을 한다는 말입니다.
내가 좋아하는 사람들과 함께 내가 좋아하는 일을 하는 사람은 많지 않습니다. 대부분 나와 관계없는 지역에서 나와 관계없는 사람들과 일을 합니다.
가장 행복한 사람은 좋아하는 사람들과 좋아하는 곳에서 좋아하는 일을 하는 것이지만 세상은 뜻대로 되지 않습니다.

"기쁘게 일하고, 자신이 한 일을 기뻐하는 사람은 행복하다."

괴테의 말처럼, 가장 성공할 조건을 갖춘 사람은 지금 하고 있는 일, 지금 함께 있는 사람, 지금 있는 곳에서, 지금 이 순간을 즐기며 일을 하는 사람입니다.
행복은 크지도 높지도 멀리 있지도 않습니다. 가까이에 있습니다.
행복은 작은 것에서 찾아옵니다. 좋은 사람과 함께 마시는 커피, 좋아하는 음악을 듣는 것, 좋아하는 곳을 가는 것, 좋아하는 것을 사는 것……. 그런 일상 속에서 행복을 발견합니다.

지금 행복하지 않다면 자신이 좋아하는 일을 찾아 좀 더 많은 시간을 보내세요. 오로지 나를 위해 한강로를 산책하고 좋은 사람과 영화를 보고 운동을 하며 의미를 찾을 수 있는 시간을 갖는다면 스스로에 대한 만족감을 갖게 되고 행복한 마음도 생겨날 것입니다.

중용에 대한 사색

산을 오를 때 오르막과 내리막이 있듯이 삶에도 오르막과 내리막이 있습니다. 준비된 삶의 여행이 아름다운 마무리를 하게 합니다.
사람이 태어날 때와 죽을 때 아무 것도 가지지 못하는 것은 부자나 가난한 자나 태어남과 죽음에 있어서는 똑같다는 '평등의 원칙'입니다. 태어날 때는 희망을 안지만 죽을 때는 아무 것도 갖고 가지 못합니다. 단지 살아온 결과에 대한 만족과 불만족을 안을 뿐입니다.
태어나기 위해 엄마 뱃속에서 열 달을 준비하며 기다려왔듯이 떠날 때도 하나부터 열까지 사랑하는 사람들에게 피해를 주지 않기 위해 준비해야 합니다. 준비하는 사람만이 떠날 때도 주변 사람들에게 미안하지 않고 후회도 적습니다.
욕망은 살아가는 데 자극이 되지만 지나친 욕심은 화를 불러옵니다. 지나침이나 부족함은 나도 가족도 불행하게 만듭니다. 지나친 욕망을 스스로 자제하고 욕망에 끌려다니지 않고 나태해서 부족함을 만들지 않는다면 지금은 특별하지 않을지라도 언젠가는 반드시 특별한 존재가 될 것입니다.
성공한 사람들을 관찰해보면 내 인생의 주인이 나라는 것을 확신할 만큼 스스로를 컨트롤하는 능력이 있습니다.
하루에 한 가지만이라도 욕망을 비운다면 1년이면 365가지가 됩니다.
오늘부터 시작하세요. 몸과 마음이 편안해지고 삶이 즐거워집니다.
욕심을 부리면 보이지 않던 것도 욕심을 버리면 보이는 것이 세상 이치입니다.
가난한 밥상이 건강을 지켜주듯이 행복의 조건은 단순하고 적당함에 있습니다.
삶에 있어 수평을 이루는 '중용'이 중심을 잡게 하고 만족을 선물합니다. 넘치지도 않고 모자라지도 않는 '중용'이 최선입니다.

감사에 대한 사색 2

보지도 듣지도 말하지도 못하는 헬렌 켈러는 도전 끝에 장애를 딛고 존경받는 사람이 되었습니다. 그녀는 책 "3일만 볼 수 있다면"에서 이렇게 썼습니다.

"만일 내가 삼일만 볼 수 있다면 첫날에는 나를 가르쳐준 선생님을 찾아가 그분의 얼굴을 볼 것이고, 둘째 날에는 새벽에 일찍 일어나 해가 뜨는 것, 밤하늘의 빛나는 별을 볼 것이고, 셋째 날에는 아침 일찍 출근하는 사람들의 활기찬 모습을 보고 싶다."

지금 돈의 많고 적음, 사회적 지위가 있고 없음을 떠나 건강하게 태어나 땅에 발을 딛고 두 발로 걸어다니며 보고 듣고 말하는 자체가 감사할 일입니다.

세상에는 장애를 가지고 태어난 사람도 있고 살면서 사고로 장애를 가지게 된 사람도 있습니다. 그래도 좌절하지 않고 살아가는 사람이 많습니다.

아침에 일어나 베란다 문을 열면 바깥에 피어난 하얀 목련꽃 향기를 느낄 수 있는 것도 축복이고, 반짝이는 별을 볼 수 있는 것도 선물입니다. 그리고 나를 부르는 사람들의 목소리를 들을 수 있는 것은 가장 큰 축복입니다.

감사하며 살아야 합니다. 현재 건강히 살아 있는 것, 넉넉하지 않지만 일을 해서 돈을 받는 것, 모두 감사할 일입니다. 살아 있다는 자체가 축복인데 언제부터인가 그 고마움을 잊고 살아갑니다.

나무가 우거진 숲, 자연을 찾아가보면 많은 것을 배웁니다. 나무들은 본능적으로 적당한 거리를 유지하며 뿌리를 내립니다. 누가 가르쳐주지 않아도 시간의 흐름 속에서 털고 비우며 계절에 맞는 색깔의 옷을 갈아입으며 스스로를 변화시킵니다.

아무리 화려한 자태와 짙은 향기를 지닌 장미꽃도 시간이 흐르면 수직의 파문을 일으키며 땅으로 내려와 눕습니다. 버리고 비움의 미학을 스스로 알기에 자연은 가장 붉게 자신을 태우다가 가는지도 모릅니다.

자연은 말없이 행동으로 우리에게 많은 가르침을 안겨줍니다. 비우고 버리는 것, 그래서 내게 꼭 필요한 일부만을 갖는 것, 그것이 삶의 행복이라는 생각을 해봅니다.

오늘 사람 때문에 상처를 받았거나 상처를 주었다면, 그래서 고립된 시간을 안고 있다면, 먼저 다가가 손을 내미세요. 미안하다고 말을 건네세요. 그러면 남은 오후의 시간이 행복해집니다.

집착을 버리고 작은 것에도 감사하는 오늘이 되세요.

책임에 대한 사색

나이가 들수록 나답게 살아간다는 건 쉬운 일이 아닙니다.
내가 가진 직업, 성격, 나이에 맞게 살아간다는 건 어려운 일입니다.
가정에서도 부모로서 자식으로서 책임을 다하지 못하면 얼굴을 붉히듯이 대통령이면 대통령답게, 교수면 교수답게, 정치인이면 정치인답게, 연예인이면 연예인답게, 시인이면 시인답게 살아야 한다는 건 아마도 사회적 책임을 다하라는 의미인 것 같습니다.
사회적 책임은 분명 '빚'이라는 생각이 듭니다.
영국의 정치가 처칠은 "Success is never final성공은 결코 끝이 아니다"이라고 말했습니다.
성공한 사람에게는 오늘의 성공이 또 다른 시작일 뿐입니다.
성공한 사람일수록 사회적 책임이 요구됩니다.
언젠가 안철수 교수가 말했듯이 성공한 사람은 나 혼자 힘으로 성공한 것이 아닙니다. 가족, 친구, 동료, 학교, 회사, 국가의 보이지 않는 많은 도움 덕분입니다. 그래서 그 빚을 언젠가는 갚아야 사회적 책임을 다했다고 말할 수 있습니다. 재능으로 기부를 하든 돈으로 기부를 하든, 반드시 책임을 다해야 존경받을 수 있습니다.

가족이 편안하고 내가 다니는 직장이 편안해야 우리가 사는 세상이 편안합니다. 서로가 이해하고 배려하고 나눌 때 우리가 사는 세상은 아름답습니다.

아름다운 세상은 국가가 만들어주는 것이 아닙니다. 내가 나의 위치에서 책임을 다하고, 회사가 회사의 위치에서 책임을 다하고, 성공한 사람은 그 위치에서 책임을 다할 때, 다 함께 웃는 살고 싶은 세상이 됩니다. 누가 무엇을 해주기를 기다리지 말고 내가 무엇을 할 수 있는가를 생각하며 실천하는 것이 책임을 다하는 것이고 내가 행복해지는 것입니다.

삶의 이유, 그리고 목적은 결국 행복입니다.

이 순간 자신의 위치에서 자기답게 파이팅 하며 살아보세요. 오늘 하루가 즐거우면 내일이 행복해집니다.

마침내 내가 꿈을 발견했을 때, 나는 알게 됩니다
꿈 역시 나를 향해 느리지만 쉬지 않고
걸어오고 있었다는 것을

만남에 대한 사색

내가 지나온 모든 길은 나의 꿈을 찾아가는 길입니다. 내가 다녀온 수많은 여행 또한 꿈을 이루기 위한 행동입니다. 내가 길을 잃고 헤맬 때조차도 나는 꿈을 생각하며 포기하지 않고 걸어가고 있습니다. 그리고 마침내 내가 꿈을 발견했을 때, 나는 알게 됩니다. 꿈 역시 나를 향해 느리지만 쉬지 않고 걸어오고 있었다는 것을.

나의 꿈은 거저 이루어지지 않습니다. 일곱 번 쓰러지고 링거를 꼽고 다시 일어나 도전해야 비로소 이루어집니다.

꿈이라는 것은 꿈꾸지 않는 사람에게는 찾아가지도 않고, 꿈을 향해 도전하지 않는 사람에게는 손을 내밀지도 않고, 쓰러져도 일어나라고 말하지도 않으며, 스스로 일어나게 하고 다시 시작하는 사람에게 마지막에야 손을 내밀어준다는 것을 꿈을 이룬 후에 알았습니다.

태초부터 꿈은 우연도 아니고 필연도 아니며 오로지 스스로 노력해서 만들어가는 없는 길, 새로 만들어야 하는 길입니다.

내 꿈, 나만의 꿈은 내가 만들어 걸어가는 나의 길입니다. 처음부터 누가 만들어놓은 나의 길은 없습니다. 내가 열어가야 하는 길, 그것이 내 꿈이라는 것입니다.

원더풀 라이프

사후세계의 첫 문을 림보Limbo라고 합니다. 천국과 지옥 사이에 있는 정거장이겠죠.
영화 '원더풀 라이프'의 사후세계는 죽은 사람이 어떻게 살았는지 재판하지 않고 "당신은 죽었습니다. 가장 행복했던 때는 언제였나요?"라고 물으며 그저 편안한 영면을 위해 가장 행복했던 기억을 찾아줍니다.
살면서 가장 행복했던 기억을 말하라 한다면 사람마다 다를 것입니다. 어떤 이는 엄마가 싸준 주먹밥을 먹었던 순간을 말할 것이고, 또 어떤 이는 결혼한 그 순간을 말할 것이고, 또 어떤 이는 취업 합격통지서를 받은 날이라고 말할 것입니다.
누군가 나에게 묻는다면 시인으로 등단하고 첫 시집을 출간한 날입니다.
가진 것 없고 이룬 것 없다고 소리치는 사람에게도 지나간 시간을 돌아보면 행복한 순간은 있었습니다. 그리고 행복한 순간을 오래 지켜나갈 권리도 있습니다.
시간은 사람을 기다려주지 않는다는 말이 있지요. 스무 살, 서른 살,

마흔 살, 쉰 살, 예순 살을 지나 나이 일흔이 되어서도 '다시 행복할 수 있을까?'라고 질문하는 사람이 있습니다.
행복은 나이의 많고 적음이 아니라 꿈꾸는 자에게, 노력하는 자에게 다가갑니다. 나이가 많다고 해도, 지금 실패해서 실망의 늪에서 허우적거리더라도 내가 포기하지 않으면 행복은 끝난 것이 아닙니다. 죽기 전까지 행복은 멈추지 않고 간절히 원하고 노력한 사람에게 찾아갑니다.
스무 살에는 화려한 장미꽃을 좋아하다가도 마흔이 넘어가면 낙엽송 같은 소나무를 좋아하듯이 나이가 들수록 기대하는 행복도 단순해지고 높지도 않고 멀리 있지도 않게 여겨집니다. 절제와 양보를 실천하는 마음으로 살아간다면 정호승 시인의 '이제는 누구를 사랑하더라도 한 잎 낙엽으로 떨어져 썩을 수 있는 사람을 사랑하라'는 시처럼 지극히 평범한 것이 행복이라는 것을 알게 됩니다.
내 가족의 건강, 내 가족의 안전, 내 주변의 편안함이 행복입니다. 지나간 행복을 다시 기다릴 필요는 없습니다. 똑같은 기쁨은 없듯이 행복도 같지 않습니다. 행복의 크기, 무게는 사람마다 나이마다 노력 정도에 따라 다르니까요.
행복은 찾는 것도 중요하지만 지켜나가는 것이 더 중요합니다. 아무리 좋은 플루트를 가졌어도 연주하는 법을 모른다면 가치가 없습니다. 연주하는 법을 배워야 플루트도 연주도 가치가 인정되듯 행복도 찾는 사람, 지켜나가기 위해 노력하는 사람에게 다가갑니다. 아름다운 삶도 찾아가는 혹독한 훈련을 통해 과정에서도 성취감을 얻고 결과도 행복합니다.

누구나 행복을 찾는 법을 이론상으로는 알고 있습니다. 실천을 안 해서 행복을 알지 못하는 것입니다.

아주 작은 것에서부터 행복을 찾아보세요. 내가 찾는 행복의 파랑새는 멀리 있지 않습니다.

자신감을 갖고 찾아보세요. 지금 주변을 돌아보세요. 파랑새는 당신 곁을 서성이고 있습니다.

내가 찾는 행복의 파랑새는

멀리 있지 않습니다

기적

세상에는 아픈 사람이 많습니다. 몸이 아프지 않으면 마음이 병든 사람이 너무나 많습니다. 따지고 보면 누구나 한 가지 장애는 갖고 있습니다.

옛말에 "기적은 물 위를 걷는 것이 아니라 땅 위를 걷는 것"이라고 했습니다.

지금 이 순간 두 손으로 밥을 먹을 수 있고, 두 발로 걸을 수 있고, 두 눈으로 세상을 볼 수 있고, 생각하며 얘기하며 웃을 수 있으면, 그것이 행복이고 기적입니다.

아프지 않고 평범하게 일을 하면서 살고 있는 자체가 축복이고 행복입니다.

그대가 지금 이 순간에 살아 있고, 일상생활을 하고 있음을 감사히 여기며 살아야겠습니다.

지금 이 순간 살아 있다면 그대는 기적 속에 살고 있습니다.

현재의 삶이 곧 기적입니다.

내 이름은 Yes입니다

내 이름은 Yes입니다.

나에게 있어 인생이란 늘 Yes입니다.

내 인생에 대해…… 내 사랑에 대해…… 내 눈물에 대해…….

심지어 내 실패까지도 Yes입니다.

마지막에 만나야 하는 내 죽음까지도 Yes입니다.

내 이름은 예스입니다.

내 이름은 마음입니다

내 이름은 마음입니다
그대는 나와 함께 평생을 삽니다.
내가 없으면 그대도 없습니다.
내가 당당하면 그대도 자신감 넘치는 삶을 살아갑니다.
내가 아프면 그대도 아픕니다.
내가 울면 그대도 웁니다.
내가 기쁘면 그대도 기쁩니다.
내가 있기에 그대의 여행이 외롭지 않습니다.
내가 있어야 그대는 의미 있는 삶을 삽니다.
낯선 여행길,
느낌표로 시작하여 물음표로 세상을 여행하다가
마침표로 종착역에 도착할 때까지…….
그대는 나와 함께 여행합니다.
처음부터 끝까지 그대와 나는 함께합니다.
내 이름은 마음입니다.
그렇다면 그대는 누구입니까?
그대는 나의 주인입니다.

그대는 나와 함께 여행합니다
처음부터 끝까지
그 대 와　나 는　함 께 합 니 다

참고도서

그대가 곁에 있어도 나는 그대가 그립다 _류시화, 푸른숲

멀리 있어도 사랑이다 _김정한, 북갤러리

오 헨리 단편선 _오 헨리, 북앤북

아낌없이 주는 나무 _셸 실버스타인, 시공사

안나 카레니나 _톨스토이 / 윤유섭, 작가정신

어린왕자 _생텍쥐페리 / 장성욱, 문예림

햄릿 _셰익스피어 / 김재남, 해누리

입 속의 검은 잎 _기형도, 문학과지성사